27

Ln 828.

ELOGE,

OV

PANEGYRIQVE

DE MONSIEVR

D'AVAVX.

A PARIS,

En la Boutique de Camufat,

Chez LOVIS DE VILLAC, ruë Saint Iacques,
à la Toifon d'Or.

M. DC. LII.

AVEC PRIVILEGE DV ROY.

PRIVILEGE DV ROY.

LOVIS par la Grace de Dieu Roy de France & de Nauarre, A nos Amez & Feaux Conseillers les Gens tenans nos Cours de Parlement, Maistres des Requestes de nostre Hostel, Baillifs, Seneschaux, Preuosts, leurs Lieutenans, & tous autres nos Iusticiers & Officiers qu'il appartiendra, Salut : Nostre bien Amé Maistre François Ogier Prestre & Predicateur, nous a fait remonstrer, que pour rendre quelque seruice au public, il auroit composé vn Liure intitulé, *Actions Publiques contenans plusieurs Panegyriques, Oraisons Funebres & Sermons*, qu'il desireroit faire imprimer, ce qui l'oblige à nous suplier de luy accorder nos Lettres sur ce necessaires. A CES CAVSES, & voulant en toutes occasions gratifier ledit Ogier, Nous luy auons permis & permettons par ces presentes de faire imprimer, vendre & debiter en tous les lieux de nostre obeïssance, par tels Imprimeurs & Libraires qu'il voudra choisir, lesdites *Actions Publiques*, & ce en telles marges & caracteres, & autant de fois que bon luy semblera, durant l'espace de vingt ans, à compter du iour que chaque volume sera imprimé pour la premiere fois : Faisant tres-expresses defences à toutes personnes de quelques qualité qu'elles soient, d'en rien imprimer, vendre ny distribuer en aucun lieu de nostre obeïssance, sous pretexte d'augmentation, correction, changement de titre, fausses marques ou autrement, en quelque sorte & maniere que ce soit, sans le consentement dudit Ogier, ou de ceux qui auront son droit, à peine de confiscation des Exemplaires contrefaits, & des caracteres, presses & instrumens qui auront seruy ausdites impressions contrefaites, de tous despens, dommages & interests, de trois mil liures d'amende, applicables vn tiers à nous, vn tiers à l'Hostel-Dieu de Paris, & l'autre tiers à l'Imprimeur & Libraire que ledit Ogier aura choisi pour faire ladite impression, à condition qu'il sera mis deux Exemplaires desdits Liures en nostre Bibliotheque publique, & vn en celle de nostre tres-cher & feal le Sieur Molé Garde des Seaux de France, auant que les exposer en vente, à peine de nullité des presentes. Du contenu desquelles nous voulons & vous mandons que vous fassiez ioüir plainement & paisiblement ledit Ogier, & ceux qui auront droit de luy, sans souffrir qui leur soit donné aucun empeschement. Voulons aussi qu'en mettant au commencement ou à la fin desdits Liures vn Extraict des presentes, elles soient tenuës pour deuëment signifiées, & que foy y soit adioustée, & aux copies d'icelles collationnées par vn de nos Amez & Feaux Conseillers & Secretaires, comme à l'original. MANDONS au premier nostre Huissier ou Sergent sur ce requis, faire pour l'execution de cesdites presentes tous Exploits necessaires sans demander autre permission. CAR tel est nostre plaisir, nonobstant oppositions ou appellations quelconques, & sans preiudice d'icelles, Clameur de Haro, Chartre Normande, & autres Lettres à ce contraires. Donné à Paris le 20. iour de Decembre, l'an de grace mil six cens cinquante vn Et de nostre regne le neufiesme. Signé, Par le Roy en son Conseil, HEBERT. Et scellée.

Ledit Sieur Ogier a cedé & transporté son droit de Priuilege à Loüis de Villac, Marchand Libraire à Paris, suiuant l'accord fait entr'eux le 17. Mars 1652.

Acheué d'imprimer pour la premiere fois, le 27. May 1652.

Les Exemplaires ont esté fournis à la Bibliotheque.

A LA MEMOIRE

DE

CLAVDE DE MESMES,

COMTE D'AVAVX,

CHEVALIER DES ORDRES DV ROY, CONSEILLER ET MINISTRE D'ESTAT, Sur-Intendant des Finances, Ambaſſadeur extrordinaire de ſa Majeſté en Italie, Allemagne, Dannemark, Suede & Pologne; & Plenipotentiaire pour la Paix generale à Munſter.

'Ay touſiours eu deſſein de dedier ce Liure à Monſieur d'Auaux, pour reconnoiſſance de ſes bien-faits; & il me ſemble, que ſa mort ne me diſpenſe pas de cette obligation.

a

Il vit pour moy, tant que ie luy feray redeuable; & ie luy feray redeuable toute ma vie. Ce
Philofophe ne retrouuant plus fon Marchand,
que la pefte auoit emporté auec toute fa famille, ietta l'argent qu'il luy deuoit, au trauers des aix de fa boutique, s'écriant : *Tibi*
viuit. Il vit pour toy. I'en veux faire de mefme,
& ne pouuant plus offrir à fa perfonne, cét
Ouurage que ie luy auois promis & qu'il
auoit agreé, ie le veux rendre & confacrer à
fa memoire. Ainfi mon Liure fera comme fon
Epitaphe, où ayant taillé fon Effigie & mis
fon Eloge en tefte, les Panegyriques fuiuans,
où il écherra fouuent de traitter des Vertus
qu'il a fi bien pratiquées, feront comme les
figures & les moulures, qui doiuent enrichir
vn monument fi illuftre. Illuftre & magnifique à la verité, non par la fuffifance & l'induftrie de l'ouurier qui l'entreprend, mais par le
merité de celuy en faueur de qui on le dreffe.

　　Que fi par l'eftude & par l'exercice, ie m'e-
ftois acquis quelque aptitude en ce genre
d'écrire, elle m'abandonneroit en ce rencontre funefte. Mon efprit abbatu fous le faix de
la perte que i'ay faite, n'a ni force, ni vi-
gueur, pour fouftenir la dignité du fujet que ie
traitte : Mais auffi il fubfifte par foy-mefme

Senec. l. 7.
de Benefic.
c. 21.

& par fa propre valeur. La memoire de Monfieur d'Auaux n'a pas befoin de l'ornement de mes paroles, pour paffer à la pofterité ; mes paroles ont bien plus de befoin de l'éclat & de la beauté de fes actions, pour en receuoir quelque embelliffement & quelque lumiere.

Ie tire toutefois cét auantage de mon malheur, que ie parleray bien plus librement de M. d'Auaux, qu'à M. d'Auaux. Et de vray fi ie m'addreffois à luy viuant & refpirant, que d'égards & de circonfpections m'eût-il falu apporter, de peur de bleffer fa modeftie ? Que de contraintes pour diffimuler des véritez glorieufes, d'autant qu'elles peuuent offencer l'oreille de fes enuieux, & des ennemis de la Paix publique ? Quelle violence enfin ne m'eût-il point falu faire fur moy-mefme, pour m'abftenir au milieu de l'abondance, feicher de foif au milieu des eaux ; ou pour le plus me voir reduit à glaner quelques efpics, au milieu d'vne fi ample moiffon de loüanges ? Il m'eût falu en effet marcher comme fur des épines, de peur de choquer les fentimens d'vn homme fi modefte.

Maintenant ie voy vne grande & libre

carriere ouuerte deuant moy ; le mal eſt que
l'haleine me manque , par l'oppreſſion d'v-
ne douleur & d'vne affliction ſi peſante.
I'eſpere toutefois de paruenir au but que ie
me ſuis propoſé, s'il me reſte aſſez de voix &
de cœur pour dire la verité : Elle ſeule peut
ſuffire , ſans autre ornement , pour rendre l'Eloge parfait, d'vn homme qui l'a toûjours euë en ſinguliere recommandation , &
qui a eſté eſtimé auec raiſon , comme l'vn des
plus prudens , auſſi l'vn des plus ſinceres &
veritables hommes , qui ſe ſoit iamais meſlé
de negociations publiques & d'affaires d'E-
ſtat. Et certes quand ie conſidere la nature
de la verité , qui eſt comme le ſoleil du monde intelligible , & l'ame des principales qualitez , qui ont éclaté dans la vie de ce grand
homme , ie voy bien qu'elle ſeule eſt capable de faire ſon Panegyrique.

Or ces qualitez principalles ſe peuuent redui-
re à trois chefs, ce me ſemble ; la Pieté, la Science & la Prudence, qui comme trois Termes
magnifiques , ſoûtiennent l'effigie du defunt,
pour l'expoſer en vn beau iour, aux yeux de
tout le monde, & qui toutes trois emprun-
tent leur plus beau luſtre, des rayons de la verité. En effet , la prudence eſt elle autre choſe

qu'vne connoiſſance & vn choix de ce que
nous deuons fuïr ou deſirer ? connoiſſance
qui ne ſe peut acquerir, & choix qui ne ſe
peut pratiquer, que la verité ne nous éclair-
ciſſe premierement, de la difference qui ſe
trouue, entre les biens faux & les veritables.
Et la ſcience qu'eſt-ce autre choſe que l'étude & la découuerte de cette meſme verité ?
Car quant à la pieté, chacun ſçait, que c'eſt
vn veritable ſentiment de Dieu, épuré de
tout erreur ; que c'eſt ſon vray culte, éloigné
de toute ſuperſtition & hypocriſie.

Et telle a eſté la pieté de M. d'Auaux.
Mais ce ne luy a pas eſté vn ſi grand ſujet de
loüange, de s'eſtre tenu ferme dans la religion de ſes peres, que ce luy ſeroit vn ſujet
de blaſme & de confuſion, de s'en eſtre tant
ſoit peu departi. Tant s'en faut, i'oſe dire,
que ſi par malheur il eût eſté né dans vne autre creance que celle de l'Egliſe Romaine, il
y fût reuenu par iugement & par les belles
connoiſſances qu'il auoit de l'antiquité Eccleſiaſtique. Ie les luy ay veu employer ſi à
propos, quand on traittoit de ces matieres en
ſa preſence, qu'il paroiſſoit bien, que quand
il n'eût pas eſté Catholique par le droit de ſa
naiſſance, il le fût deuenu par adoption, &

que le pere de misericorde eût rapellé dans
le sein de son Eglise, vn esprit qui auoit tant
de respect pour les anciens Docteurs, & tant
de connoissance de leur doctrine.

Il me souuiendra toûjours, qu'en vne rencontre que i'eus en sa presence, auec vn Ministre de Dordrect, en nostre voyage de Hollande, il acheua d'accabler ce pauure homme par vn passage de S. Augustin. Nous trait-

Contra
Epist. fun-
damenti
cap. 4.

tions des marques de la vraye Eglise : *Tenet
me*, s'écria-t-il, *in Ecclesia, ab ipsa sede Petri
Apostoli, cui pascendas oues suas Dominus
commendauit, vsque ad præsentem Episcopa-
tum, successio sacerdotum.* Surquoy le Ministre qui estoit pressé d'ailleurs, se retira, se
détrompant de la creance auec laquelle il
estoit venu : Que tous les Ambassadeurs de
France estoient Catholiques d'Estat, & que
les Prestres Romains ne lisoient point l'Ecriture Sainte.

Ceux qui l'ont accompagné dans ses voyages de Dannemark, de Suede & de Pologne,
sçauent auec quel zele il a porté l'honneur &
les interests de la Religion Catholique, en
ces lieux où l'heresie de Luther a fait de si
grands rauages ; où il ne reste que quelques
piteuses, mais precieuses reliques de l'ancien-

ne Foy, où les fidelles se voyent reduits, comme sous les persecutions Payennes, à celebrer
les mysteres dans des grottes & des cauer-
nes, ou dans les lieux plus reculez des maisons priuées : C'est là que sa pieté a éclatté
auec plus de chaleur & de zele. En quoy
certes, l'on peut dire qu'il a imité les effets
du Soleil, qui luit sur ces Prouinces de glace,
où l'hyuer fait presque toute l'année. Ie luy
ay oüy dire à luy mesme, qu'il auoit obserué
quelquefois des iournées plus chaudes, en ces
extremitez du Septentrion, que toutes celles qu'il auoit éprouuées sous le ciel de l'Italie : C'est que les rayons du Soleil venant à
frapper sur les rochers & la glace, en font
comme des miroirs ardans, dont la reuerbe-
ration excite vne ardeur presque insuppor-
table. Telle a esté l'actiuité de son zele, qui
a brillé d'vne plus belle & plus viue lumiere,
dans les tenebres & dans le froid de l'heresie.

Tant qu'il a demeuré dans ces Prouinces,
& il n'y a pas moins demeuré que par l'espace de douze ou quinze années, sa maison a
esté l'asile des Prestres, l'Eglise publique des
Catholiques, & le refuge des miserables. Son
authorité a esté leur protection, sa liberalité
leur soulagement, son exemple leur instru-

ction. Si est-ce qu'il faut qu'vne vertu Chrétienne soit bien exquise, pour seruir de modele à ces fidelles affligez, & que la pieté d'vn homme soit d'vne haute éleuation, pour l'encherir sur la leur. Qui veut voir l'image de la vraye deuotion, il la faut considerer dans les lieux, où l'exercice de la Religion n'est pas libre. La commodité & la facilité que nous auons d'assister au saint Sacrifice & aux Predications, rallentit en nous le respect & la veneration que nous deurions y apporter. Ie ne veux point parler de ces impies, qui profanent ces diuins mysteres par leurs insolences & leurs irreuerences criminelles : Ie parle des honnestes gens d'entre nous, qui y paroissent auec le sentiment d'vn Chrétien.

Certes nôtre deuotion n'est que froideur & que negligence, à comparaison de celle de ces pauures Catholiques. C'est vn silence merueilleux, dans vne assemblée de cinq à six cens personnes, qui sont tous à genoux, vne modestie angelique, vne attention respectueuse aux saints mysteres. Que si ce grand calme est quelquefois interrompu, ce n'est que par des soûpirs, par des battemens de poitrines & par des larmes. Leur vie & leurs mœurs

font

font pour l'ordinaire, conformes à ces de-
monſtrations exterieures. L'hypocriſie n'a
point de lieu, où elle n'a point de recompenſe : En ces païs là, elle n'a ni offices ni benefices à gagner ; ceux-cy ont eſté occupez par
les Princes, & ceux-là ne ſont exercez que
par des Heretiques. Les Catholiques n'ont
aucune part aux honneurs ni aux dignitez,
quoy qu'ils portent plus que leur iuſte portion des charges de l'Eſtat. La ſeruitude &
l'oppreſſion où ils ſont pour le regard de leur
Religion, la priuation des Magiſtratures &
des autres auantages, dont ioüiſſent leurs
concitoiens, ſont des épreuues de leur con-
ſtance, & quant & quant des preuues indubitables de leur pieté. Car il eſt bien viſible,
que leur petit nombre eſt compoſé de ceux,
qui ont eu le courage de demeurer fermes en
la Foy, au milieu de tant de tentations, &
qui ont preferé comme Moïſe, l'opprobre de Heb. 11.
IESVS-CHRIST, aux delices de la Cour de
Pharaon, & aux richeſſes des Egyptiens.

    C'eſt au milieu de ces fidelles éprouuez,
qu'a paru auec plus de ſplendeur, la pieté de
M. d'Auaux. Ils ont admiré ſa modeſtie, ſon
reſpect, ſon aſſiduité dans leurs ſaintes aſ-
ſemblées ; ils ont reſſenti les effets de ſes bons

conſeils , de ſa charité, de ſon zele incom-
parable. Quand toute vne foreſt eſt compo-
ſée de grands arbres de pareille hauteur,
nous ne faiſons point de reflexion ſur chacun d'eux en particulier ; mais s'il ſe trouue
vn cheſne, qui s'éleue au deſſus de ce haut
bois , & qui porte ſa cime preſque dedans
les nuës, il attire nos yeux & nôtre admiration : Telle a eſté l'eminence des Vertus Chrétiennes de l'homme dont ie parle , qui s'eſt
renduë remarquable dans les lieux, où elles
ſont plus hautement pratiquées.

Il eſt vray que la qualité d'Ambaſſadeur
d'vn Roy tres-puiſſant, luy donnoit l'authorité & la liberté qui eſt acquiſe par le droit
des gens, aux perſonnes de cette condition ;
& le nom de Tres-Chrétien & de Fils aiſné
de l'Egliſe que ce Prince porte , eſtoit comme vn aiguillon & vne ſollicitation continuelle, qui l'obligeoit d'appuier fortement
les intereſts de la Religion. Auſſi c'eſt en
ce nom qu'il a agi plus efficacement en ſa faueur ; & ſon zele aſſiſté de la majeſté d'vn ſi
grand Monarque, a trouué de quoy s'exercer dans toute ſon étenduë, & de quoy faire des merueilles. De là, ſa maiſon n'a pas eſté
ſeulement vn reduit où ſe rencontroient les

Catholiques auec quelque feureté , mais vne
Eglife publique, où ils abordoient de toutes
parts, & y venoient comme en triomfe: Iufques là qu'en Suede & dans Stokholm qui
en eft la capitale , il fit enterrer auec toutes
les prieres & les ceremonies de l'Eglife Catholique, vn fien Secretaire à la veuë de tout
le peuple, auec l'indignation des Miniftres
Lutheriens ; mais auec les larmes de quelques Vieillards qui pleuroient de ioye, de re-
uoir l'image de la pieté ancienne , que le
temps n'a pas encore effacé de leur memoire.

La vieille Rome éleue iufques dans le Ciel, l'a-
ction d'vn de fes Sacrificateurs, qui eut la re-
folution de fortir du Capitole affiegé , & de
paffer au trauers des ennemis, reueftu de fes
habits Pontificaux, pour aller faire vn facri-
fice à leurs yeux fur vne montagne voifine.
Il retourna impunément, au milieu d'vne armée qui venoit de brufler fa Patrie, & ces
Barbares refpecterent la Religion de celuy,
qui venoit d'inuoquer fes Dieux, pour leur
eftre contraires. La nouuelle Rome, ie veux
dire la Chrétienne, n'a gueres moins de fujet d'admirer la genereufe pieté de M. d'A-
uaux, qui a renouuellé l'exercice public de

l'Office qu'elle fait pour les Morts, en des lieux où il a esté aboly depuis tant d'années, par ses ennemis capitaux, les Heretiques.

Suiuons nôtre Ambassadeur dans ses voyages, & nous remarquerons autant de stations de ses Vertus Chrétiennes. Il est appellé en Prusse, pour appaiser la guerre des Polonois & des Suedois, & il iette si à propos le Caducée entre les combatans, qu'elle s'appaise. Par ce Traitté la Liuonie demeure entre les mains des Suedois, & ceux-cy veulent que leur Religion nouuelle soit non seulement la commandante, mais qu'elle étouffe l'ancienne : M. d'Auaux y resiste auec tant de fermeté, & d'ailleurs employe auec tant d'adresse l'art qu'il sçauoit parfaitement, de manier les esprits, que ces hommes de fer accorderent à ses persuasions, ce qu'ils auoient tant de fois refusé aux propositions & aux prieres armées des Deputez de Pologne.

La ville de Dantzik, l'vn des plus fameux ports de la mer Baltique, fut alors sa retraite, où il vint & pour se rafraichir de tant de fatigues soufferies sur terre & sur mer, & pour continuer ses negotiations auec les Alliez de cette Couronne. Elle est partagée en Catholiques & en Protestants : Ceux-cy sont

les Magiſtrats & les riches ; la pluſpart de la
commune eſt demeurée dans l'ancienne
creance. A la venuë de M. d'Auaux il ſe fit
comme vn changement de l'vn à l'autre. La
dignité & la richeſſe parut du coſté des Catholiques. En effet, l'Egliſe trouua en ſa perſonne des qualitez de naiſſance, d'employ &
de merite, qui ſurpaſſoient de bien loin tout
vn Senat Lutherien, & vne liberalité qui enrichit tous ſes pauures membres. Ceux qui
ont veu la profuſion de ſa charité, ou qui en
ont eſté les miniſtres comme moy, ſçauent
bien que ie parle ſans figure, & qu'il a donné
à pluſieurs centaines de miſerables, non ſeulement de quoy viure quelques ſemaines ou
quelques mois, mais de quoy ſoûtenir leurs
familles, & rétablir leurs petites fortunes.

Ce n'eſt pas tout ; ſon ingenieuſe charité
va bien au delà. Il a appris de la bouche du
Fils de Dieu, que l'homme ne vit pas ſeulement de pain, mais de ſa ſainte parole : Elle
eſt rare & precieuſe, pour vſer des termes de
l'Ecriture ; en ce lieu, où l'on a particuliere- ment beſoin de Theologiens verſez dans ¹. Reg ³.
les Controuerſes, pour reprimer l'inſolence
des Heretiques. Que fait ce genereux Zela-
teur de la Foy ? Il amene en France auec luy,

deux ieunes Religieux Dominicains de belle
esperance, les entretient & les fait instruire
dans l'Echole de Paris, les fait receuoir Docteurs de Sorbonne, & les renuoye chargez de
science en leur patrie. O le beau present fait
à cette pauure Eglise! digne du iugement de
celuy qui le donne, & des remerciemens de
toute la posterité des Catholiques de Dantzik.
La memoire des aumosnes que M. d'Auaux
leur a distribuées, s'effacera peut-estre de l'esprit de ceux mesmes qui les ont receuës; les
precieux ornemens, dont il a paré les Autels,
perdront leur lustre, & se consommeront auec
le temps; mais il me semble, que la doctrine
qu'il leur a enuoiée dans la teste de ces bons
Peres, passant à leurs disciples, il s'en fera vne
succession immortelle, pour l'instruction des
peuples & la confusion des Heretiques.

De Dantzik, l'ordre du temps & des affaires nous appelleroit à Hambourg, qui est au-
jourd'huy la plus belle & la plus puissante des
villes Hanseatiques, où M. d'Auaux a demeuré cinq ans entiers, pour trauailler aux Preli-
minaires de la Paix. De vray, il faut estre bien
pressé, pour passer comme au trauers d'vne si
grande ville en poste, sans se donner le loisir
d'y faire vn moment de residence, pour con-

siderer celuy, qui en estoit alors le plus bel ornement. Mais il me faut auoüer, que ie me
haste tant que ie puis pour paruenir à la Haye,
à Munster, & aux lieux où i'ay esté tómoin
moy-mesme, de ses Vertus Chrétiennes.

Ie voy sensiblement comme cét ouurage
croist entre mes mains, & que ie seray contraint, si ie veux garder quelque proportion
en ce discours, d'abreger & de mettre comme à l'étroit, des choses qui meritent d'estre
considerées dans toute leur étenduë, & dont
ie peux rendre vn plus fidelle compte à la posterité. Ie passe donc les marques de sa pieté
qu'il a laissées à Hambourg: Les Archiues mesmes de l'Hostel de cette Ville, qu'il a chargé
de rentes pour de pauures pupilles, en gar-
deront à iamais la memoire; & les larmes des
Catholiques & des Lutheriens à sa sortie, té-
moigneront qu'il a donné non seulement aux
hommes, mais à l'humanité, & qu'il a merité non seulement l'approbation des domestiques de la Foy, mais aussi de ceux qui en
sont estrangers, & qui sont de dehors, pour
vser des termes de l'Apostre. Venons en Hol- 1. Tim. 3.
lande & à Munster, où i'ay eu l'honneur
de l'accompagner par l'espace de cinq années.

Certes, quand ie confidere le peu de difpofition d'efprit & de corps, & la repugnan-
ce que i'ay toûjours euë de mon naturel aux
voyages tant foit peu lointains; & à vray dire,
l'auerfion de viure dans la moindre dependance; ie confeffe, qu'vne plus haute conduite
que la mienne, m'engagea de le fuiure. A la
premiere propofition qui m'en fut faite, ie
m'en éloignay de forte, que ie m'eftonne de
ce qu'il pût fe refoudre vne feconde fois, à me
vouloir perfuader. Enfin, apres plufieurs op-
pofitions, qui venoient, fans doute, de mon
mauuais genie, il me falut ceder à la violence que fit la raifon fur mon efprit, qui certes eftoit puiffante en la bouche de cét excellent homme.

Il me fit voir clairement, que c'eftoit Dieu
qui m'appelloit plutoft à ce voyage, que non
pas luy; & qu'vn Preftre ne pouuoit auoir vn
plus falutaire employ, que d'annoncer l'E-
uangile de Paix, dans vne Affemblée defti-
née à cét effet. Ie beniray tous les iours, l'heure que ie confentis à vn confeil fi honnefte,
& où ie commençay à deuenir témoin d'vne
vie, dont l'exemple m'obligeoit à tenir la
mienne dans vne regle auffi conforme à ma
condition, que fi ie fuffe entré dans vne fa-
                                        mille

mille Religieuſe. Car ie ne me dédiray iamais
de ce que i'ay dit pluſieurs fois ; que les cinq
ans, que i'ay paſſez dans la maiſon de M. d'A-
uaux, à comparaiſon du temps que i'auois
veſcu iuſqu'alors, ſont comme mon *Quin-*
quennium Neronis : l'auoüe que ie le diſois à
luy-meſme en riant ; mais ie proteſte ſerieu-
ſement, qu'il n'y a partie de ma vie, dont ie
peuſſe rendre meilleur compte à Dieu & à
ſon Egliſe.

L'Ambaſſade deſtinée pour le traitté de
la Paix, paſſa en Hollande, pour s'aboucher
auec les Eſtats des Prouinces Vnies, & con-
certer auec eux, ſur quel pied on prendroit les
meſures de cette negotiation. On renouuella
les anciennes alliances ; on prit des precau-
tions reciproques, pour traitter auec les Miniſtres d'Eſpagne ; & pour obliger, diſoit-on,
l'Ennemy commun à conclure plutoſt la Paix,
on ſe reſolut de luy faire vne plus forte guerre. Quatre mois furent employez à ces affaires Politiques, auſquelles ie ne m'arreſte pas,
celles de la Religion m'appellent ailleurs.

Chacun ſçait, que l'exercice public de la
Foy Catholique eſt defendu dans ces Prouinces, & que s'il eſt ſouffert chez quelques particuliers, c'eſt ſous des conditions ſi dures,

& des vexations si frequentes & si iniurieu-
ses , qu'elles approchent fort de la persecution declarée. Cela pourtant au stile de ces
Messieurs , qui ont tant donné de batailles pour la liberté de conscience , s'appelle
bonne tolerance.

C'est vne chose étrange en verité, qu'on
remarque dans leurs Villes des Presches pu-
blics , non seulement pour les Caluinistes , qui
est la Secte imperatrice; mais pour les Armi-
niens, qui sont leurs Schismatiques; les Lutheriens , dont ils sont separez; les Anabaptistes
qu'ils tiennent pour des visionnaires & des
profanes ; les Iuifs mesmes ennemis du nom
de IESVS-CHRIST ; & que les seuls Catholiques soient exclus de ce benefice. Mais c'est
vn mystere d'Estat : C'étoit assez que le Roy
d'Espagne portast le nom de Catholique, &
que le Duc d'Albe allast à la Messe , pour
rendre l'vn odieux , & abolir l'autre parmy
eux.

Rien n'est capable de cantonner les hommes, les vns contre les autres, auec plus d'opi-
niastreté, que la difference de Religion : Aussi les Autheurs du soûleuement de ces peuples, n'ont point eu de plus grand soin , que
de les tenir fermes dans vne creance contrai-

re à celle de leur Prince; & si d'auanture il se
fust fait Huguenot, ces bons & fidelles sujets
se fussent faits sans doute Catholiques. Ils ont
creu iusques à present, que leur Republique
ne subsiste que par cette antipathie, & pour
cette cause ils ont opprimé la Religion Catholique à leur possible, & l'ont reduite à vne
extrême seruitude. Il en reste toutesfois de
belles & nombreuses reliques, principale-
ment en Hollande, & la seule ville d'Amster-
dam en peut fournir vingt-cinq à trente mille. L'exercice de leur Religion se fait dans
les maisons priuées, & s'il s'obserue quelque
rayon de liberté, c'est dans les Hostels des
Ambassadeurs des Princes Catholiques, où
elle éclatte plus ou moins, selon qu'il plaist à
leur zele de se ioindre à leur autorité. Mais l'on
peut dire veritablement que toute l'autorité,
qu'vne si illustre & extrordinaire Ambassade
auoit acquise à M. d'Auaux, que tout le zele,
que luy pouuoit inspirer sa pieté, a esté employé pour rétablir l'Eglise Catholique en son
ancien lustre.

Il ne pouuoit pas chasser les Ministres des
Temples qu'ils ont vsurpez; mais toute sa
maison deuint en effet vn Temple, où les
Catholiques venoient en foule de toutes parts.

La Meſſe, le Sermon, le Catechiſme, les Sa-
crémens y eſtoient frequentez auſſi librement & publiquement, que dans les Paroiſ-
ſes de Paris : L'on voyoit aborder à la Haye,
tous les Dimanches, quantité d'honneſtes gens
dés villes circonuoiſines , pour aſſiſter à la
Prédication Françoiſe. Chacun ſçait que c'eſt
la langue du commerce en ce païs là, qu'on
enuoye les enfans à l'échole pour l'apprendre,
& qu'il n'y a gueres que les païſans qui l'igno-
rent. Les Preſtres qui ſeruent ces pauures fidelles en ſecret, ſe rangeoient auprés de nous,
pour auoir la protection de nôtre Ambaſſade. On leur faiſoit vne nouuelle perſecution,
& à vray dire, vne auanie en ce temps là : Ils
trouuerent vne bonté compatiſſante à leurs
afflictions , vne audience fauorable à leurs
plaintes , vn eſprit diſpoſé à tenter tous les
moyens de ſoulager les Paſteurs & le troupeau.

Ie m'étonnois quelquefois qu'vn ſimple
Marchand , qu'vn Soldat euſt des conferences ſi ſerieuſes & ſi longues auec Son Excellence ; que M. l'Ambaſſadeur les trait-
taſt auec tant de ciuilité, qu'il les fiſt aſſeoir
à ſa table & preceder des perſonnes de condition: Mais il ſe trouuoit que l'vn eſtoit vn

Capucin, & l'autre vn Iesuite. Il me sembloit
étrange alors qu'ils fussent sans vn grand
chapeau, vn haut collet, vn capuchon & des
sandales : Mais leur contenance modeste &
leurs discours pleins d'edification, nous ap-
prenoient bien, que s'ils auoient quitté l'habit de Religieux, ils n'auoient pas pourtant
quitté l'habitude & l'esprit de la Religion.

J'auois creu toutefois, que cette methode
de prescher l'Euangile estoit inconnuë & non
pratiquée des anciens Peres, iusqu'à tant que
i'en ay trouué vn exemple illustre dans l'Histoire Ecclesiastique. Le diuin Eusebe Eues- Lib. 4. c. 12.
que de Samosate, dit Theodoret, durant la
persecution de l'Empereur Valens & des
Ariens, voyant plusieurs Eglises destituées
de Pasteurs, les visitoit deguisé en Caualier,
couurant sa teste d'vn chapeau à la Persienne,
de peur d'estre reconnu ; ordonnoit des Prestres & des Diacres, & trauailloit auec vn
soin incroyable à la consolation des Fidelles.
Voila le vray portrait d'vn Prestre & d'vn
Euesque Hollandois que i'ay connu, & que
i'ay accompagné quelquefois dans ses cour-
ses Apostoliques : Voila aussi à peu prés, l'é-
tat de l'Eglise Hollandoise, gemissante sous
l'oppression du Caluinisme.

Monfieur d'Auaux en fut fenfiblement touché ; & fe fouuenant qu'il eftoit Ambaffa- deur d'vn Roy Tres-Chrétien , Fils aifné de l'Eglife ; & d'ailleurs que cette nouuelle Re- publique auoit des obligations extrémes à la Couronne de France , il creut auec raifon , qu'il étoit de fon deuoir, de demander, & de leur gratitude, d'accorder quelque grace aux Catholiques. Et de vray, fi cette affaire euft efté conduite par le feul genie de M. d'A- uaux, & qu'il n'euft point efté defauoüé, il y a beaucoup d'apparence qu'elle eût heureu- fement reüffi.

Mais il fe trouue des hommes ennemis de tous les confeils, dont ils ne font pas les au- teurs, & des Politiques , qui veulent que les plus certains interefts de la Religion, cedent à leurs plus legers foupçons & à leurs plus vains ombrages. M. le Prince d'Orange Hen- ry Federic, l'vn des plus grands Capitaines, & des plus auifez Politiques de fon temps, ne s'éloignoit pas de cette propofition ; tant s'en faut, traittant de ce fujet auec M. d'Auaux il s'eftoit expliqué iufqu'à ce point , d'auoüer qu'il étoit raifonnable, que les Catholiques des Prouinces Vnies euffent la mefme liberté que les Proteftants auoient en France : Que

luy-mefme dans les villes de fon Domaine,
ne vouloit pas qu'ils fuffent inquietez en aucune forte, dans leur exercice.

Auec cette difpofition du Prince, fe ren-
controit heureufement vn intereft d'honneur
de ces nouueaux Souuerains, qui eût produit
vn merueilleux effet, s'il eût efté ménagé
dextrement. Iamais ils n'eurent tant de paf-
fion pour la Citadelle d'Anuers, ni pour la
nauigation des Indes, qu'ils en auoient alors
d'obtenir de nos Ambaffadeurs la main droite & le titre d'Excellence pour leurs Deputez. Cette marque manquoit encore à la re-
connoiffance de fouueraineté, que Henry le
Grand leur auoit accordée, & c'eftoit encore comme vn veftige du ioug qu'ils ont fe-
coüé, & de la fujetion qu'ils auoient autrefois offerte à vn Roy de France.

La grande profperité de leurs affaires, &
le defir d'effacer de l'efprit des hommes, toute image de dependance, leur faifoit preffer
ce point d'honneur auec tant de chaleur &
de violence, qu'il y a peu de chofes, qu'ils
n'euffent accordées pour l'obtenir: Et certainement qui leur eût demandé, au moins
quelque moderation des Edits contre les Catholiques, en recompenfe d'vn titre fi ambi-

tionné ; il eſt vray de dire, qu'auec ce vain epithete d'Excellence, nous mettions l'Egliſe en eſtat de recouurer peu à peu ſon ancienne Maieſte', en ces Prouinces.

Cependant on leur refuſa opiniaſtrement, ce qu'on leur accorda depuis à contre-temps, & comme par force, dont ils ne nous ſceurent aucun gré. Les Eſpagnols meſmes nous ayant preuenu, & leur ayant accordé ces droits honorifiques, il nous falut ſuiure ; Et ſans autre capitulation, ceux qui ſe trouuoient à la gauche du dernier de nos Plenipotentiaires à la Haye, ſe trouuerent à la droite de Monſieur de Longueuille, à Munſter.

Monſieur d'Auaux ſe veit donc reduit aux termes de la ſimple interceſſion, pour les Catholiques, enuers Meſſieurs les Eſtats ; & pour oſter tout pretexte à ceux qui pourroient croire qu'elle feroit vn mauuais effet, pour le regard des affaires qui ſe negotioient, il n'en voulut point parler qu'elles ne fuſſent concluës, & que noſtre Traitté ne fuſt ſigné. Ce fut en effet en l'audience publique, que Meſſieurs les Eſtats donnerent à nos Plenipotentiaires, qui prenoient congé d'eux, que M. d'Auaux, qui portoit la parole, apres

auoir

auoir dit plufieurs chofes, qui concernoient
l'intereft commun de la France & des Prouinces Vnies, leur remonftra:

Que l'étroite alliance qu'ils venoient de
renouueller auec nous, les obligeoit de receuoir en bonne part la priere & l'inftance, que
luy & fes Collegues auoient à leur faire de
la part du Roy, en faueur des Catholiques,
leurs fujets : Que c'eftoit la mefme qui leur
auoit efté faite autrefois, par ordre de Henry
le Grand, à qui ils eftoient redeuables de rou-
tes les marques de leur dignité, & qui auoit
orné leur Eftat, de tous les fleurons des Couronnes fouueraines : Qu'il n'y auoit point
d'aparence que le Roy fon petit fils vouluft
ruiner l'ouurage de fes peres, ni leur demander rien qui fuft preiudiciable à leur repos :
Qu'il n'eftoit queftion que d'accorder aux
Catholiques, de feruir Dieu fans contradiction, dans leurs maifons priuées, & que ceux
qui n'ont pas le moyen de nourrir & d'en-
tretenir vn Preftre, peuffent venir librement
dans les maifons des riches, pour vaquer à l'e-
xercice de leur Religion, fans crainte de la
vifite des Commiffaires.

Vous m'auourez, pourfuiuit-il, Meffieurs,
que ces recherches ne diminuent pas la quan-

d

» tité des Catholiques , & qu'elles s'exercent
» par l'auarice de vos Officiers , & plutoſt pour
» leur profit particulier , que pour aucun bien
» qui en arriue à cét Eſtat : De ſorte , que cette
» rigueur ne ſert qu'à irriter l'eſprit de ceux ,
» dont vous ne diminuez pas le nombre. Nous
» prions , à ce que vous dites , pour des gens
» qui eſtant Eſpagnols de faction , ſont nos en-
» nemis auſſi bien que les vôtres. Cette action ,
» Meſſieurs , ſeroit toûjours Chrétienne , de
» prier pour ſes ennemis : Mais ie vous prie ,
» conſiderez cette affaire par les maximes d'E-
» ſtat , & croyons , comme ie n'en doute pas ,
» qu'il ſe trouue quelques Catholiques mal af-
» fectionnez , au gouuernement preſent de cet-
» te Republique ; d'où cela peut-il venir , Meſ-
» ſieurs , ie vous le demande ? Les Catholiques
» qui ont ſigné les premieres Confederations ,
» qui vous ont porté ſur le Thrône , ceux qui
» les premiers vous ont acquis la liberté , n'en
» ioüiſſent pas : Ceux à qui l'Inquiſition d'Eſ-
» pagne a eſté auſſi odieuſe qu'à vous-meſmes ,
» en ſouffrent vne autre qui n'eſt guere moins
» rigoureuſe. En vn mot , la rigueur dont vous
» vſez enuers eux , au fait de l'exercice de leur
» Religion , l'étroite defenſe de toute aſſemblée
» Eccleſiaſtique , l'auarice de vos Commiſſai-

res & le mépris qu'ils font fouuent des chofes, "
que nous eftimons les plus faintes, a pû alte- "
rer quelques efprits. Voulez-vous les regagner; "
voulez-vous reioindre cette partie de vôtre "
Eftat qui eft comme entr'ouuerte; voulez- "
vous en faire de bons citoyens? Relafchez "
quelque chofe, de la feuerité de vos placards "
& de vos Ordonnances. "

   Les noms de Catholique & de Hollandois "
ne font pas incompatibles; on peut eftre en- "
nemy du Roy d'Efpagne, fans eftre Prote- "
ftant. Nous en voyons vn bel exemple au- "
jourd'huy en Catalogne & en Portugal, où "
la Catholicité n'empefche pas, que les peu- "
ples ne combatent courageufement, pour la "
conferuation de leur liberté. Nous en voyons "
encore vn exemple bien illuftre, dans les Can- "
tons des Suiffes, où la diuerfité de Religion "
n'empefche pas qu'ils ne fe defendent à com- "
munes armes, de la Maifon d'Auftriche, dont "
ils ont efté autrefois les fujets. Affeurez-vous, "
Meffieurs, fi vous faites la grace aux Catholi- "
ques, que nous demandons pour eux au nom "
du Roy & de la Reine Regente fa mère, qui font "
d'vne mefme Confeffion de Foy auec eux, "
que vous en receurez vn tres-bon effet, que "
la pieté de leurs Majeftez en aura grand ref- "

» sentiment, & que vous obligerez vos Con-
» citoyens par cette faueur, à ne tourner iamais
» les yeux ailleurs, que dessus vous, pour y
» trouuer leur consolation.

Voila à peu pres ce discours qui fit tant
de bruit, & qui fut interpreté si diuerse-
ment. Les bons Catholiques toutefois & les
vrais Huguenots s'accorderent en ce point,
de croire que ce que M. d'Auaux auoit fait,
étoit par vn zele de sa Religion : Mais les Politiques, du nombre desquels étoient ses enuieux, prononcerent differemment sur cette
matiere. Les vns disoient, que c'étoit vne
grande imprudence, d'auoir fait vne demande aux Estats, qui étoit contraire à la consti-
tution de leur Republique, & qui pourroit
alterer la bonne intelligence qui étoit entre
nous : Les autres disoient que le Harangueur
auoit bien vne autre visée, qu'on ne pensoit,
& qu'il ne parloit si haut dans le Conseil de
la Haye, qu'afin que le son de sa voix paruint
iusques dans le Consistoire de Rome, où il
auoit de grandes pretentions : Que cét homme, dont les dehors paroissoient si candides,
étoit tout pourpre au dedans. Mais tous les
deux se trompoient en leurs coniectures, &
faisoient vn iugement temeraire d'vne action

genereuse, Chrétienne & defintereffée, s'il on
fut iamais.

Les premiers ; dautant que l'on ne peut
blafmer d'imprudence, vne conduite conforme entierement à celle de M. le Prefident
Iannin, fous les ordres de Henry IV. c'eft à
dire du Prince le plus habile, & du Miniftre
le plus intelligent, qui ayent efté de long-
temps ; dont l'vn & l'autre pourtant iugea à
propos de faire cette inftance : Voire mefme
i'ofe dire que M. d'Auaux eftoit en plus forts
termes.

En effet, cette demande deuoit eftre moins
approuuée des Eftats, de la part d'vn Roy,
qu'ils croyoient n'auoir quitté leur Gonfef-
fion, & n'auoir efté à la Meffe, que pour gagner vn Royaume ; & de la bouche d'vn Miniftre, qu'ils eftimoient vn Zelote indifcret,
pour s'eftre laiffé emporter dans le parti de la
Ligue ; que non pas de la part d'vn Roy, né
& nourri Catholique, & de la bouche d'vn
Ambaffadeur, à qui l'on ne pouuoit repro-
cher aucune faction. De plus, la haine du
nom Catholique eftoit bien plus recente
alors. Ces peuples ne faifoient que refpirer
pour la premiere fois, de quarante ans de
guerre, contre le Monarque qui porte ce ti-

tre. Efpagnol & Catholique , leur eftoit vne
mefme chofe ; là où , au point que leur parloit M. d'Auaux, les efprits eftoient calmes,
en quelque maniere , par leurs grandes pro-
fperitez , & n'eftoient plus capables de ces
émotions turbulentes , qui les faifoient crier
autrefois ; *plutoft Turcs que Papaux.*

Adiouftez à cela, que la requefte eftoit d'autant plus ciuile & tempeftiue, que le Roy qui
venoit d'entrer en poffeffion de fon Royaume, auoit à ce nouuel auenement , par vne
Declaration expreffe, mis fous fa protection,
fes fujets de la Religion Pretenduë Reformée,
protefté de les conferuer dans la liberté de
leur exercice , auec beaucoup d'autres clofes
fauorables. Ainfi ce n'eftoit qu'vne retribu-
tion legere , qu'on demandoit raifonnablement aux Eftats , pour vne grace fi impor-
tante qu'on venoit d'accorder à leurs Confreres : Confreres qui d'ailleurs n'ayant
plus de Rochelle , ni de faction en France ,
n'y peuuent fubfifter , que par la feule clemence du Roy , & par l'authorité de fes
Edicts.

Ces confiderations & les raifons touchées
en la harangue, euffent eu fans doute vn bon
effet, fans le defaueu dont i'ay parlé , qui fut

fi precipité, qu'il parut dés le mesme iour, &
donna sujet aux Eftats de faire le lendemain
vne Declaration , contre l'infolence (c'eft le
ftile barbare de leur Chancellerie) des Catholiques. Cette broüillerie eftant paruenuë à la
Cour , trouua l'efprit de celuy qui gouuer-
noit alors, fi plein des raifons d'Eftat de fon
païs, qu'il ne s'y trouua aucune place pour
celles de la Religion ; fa caufe fut abandon-
née.

Quant à l'ambition , dont on chargeoit
auffi noftre Ambaffadeur , & qu'on faifoit le
motif de fa remonftrance , n'eft-ce pas vne
chofe infupportable , de dire , qu'il eût deffein
fur les dignitez Ecclefiaftiques ; luy qui ne fit
iamais vn feul pas d'auance , vers les grandes
ouuertures qu'on luy faifoit , & qui a refufé
conftamment les plus grands Benefices du
Royaume ? Qui ne pût eftre perfuadé d'acce-
pter celuy, qui eftant la premiere Pairie & le
premier Duché, & dont le Prelat a droit de
facrer le Roy , peut paffer pour la premiere
dignité & la plus venerable de l'Eftat : Qui
fut menacé de l'indignation du Roy defunt,
par la bouche de Monfieur de Chauigny, s'il
n'acceptoit vne Abbaye, dont il fit prefent
à fon Neveu , auec retention de penfion, pour

deux Preſtres, qui ſeruoient à l'Egliſe.

Ie peux dire qu'il m'a communiqué ſes
ſentimens intimes ſur ce ſujet, & que iamais
homme n'eut tant de crainte de ſe voir chargé de ce poids, que le Concile appelle formidable aux épaules des Anges. Pour le tirer
auec quelque couleur, de l'Aſſemblée de Munſter, où ayant negotié la Paix auec les Allemands, l'Ennemi du repos public craignit
qu'elle ne ſe conclût auſſi auec les Eſpagnols;
on luy fit monſtre de l'Archeueſché de Bordeaux; mais celuy meſme qui auoit charge
de le ſonder ſur ce ſujet, peut depoſer de ce
qu'il répondit à cette tentatiue.

Que la calomnie donc, qui taſche de répandre ſon venin ſur les plus belles actions,
le retienne au fonds de ſon cœur, & creue
de rage, de ne pouuoir ternir l'éclat de cel-
le-cy, qui paſſera à la poſterité, auec l'approbation de tous les gens de bien, de l'vn & de
l'autre party. A propos de quoy ie ne puis
diſſimuler ſans que mon ſilence ſoit criminel,
la gratitude des Catholiques Hollandois, &
les benedictions qu'ils répandirent ſur la perſonne du Roy & de la Reine en cette occaſion. En voicy vn exemple qui merite, ce
me ſemble, d'eſtre leu non ſeulement en ce

			lieu,

Grotius in
Diſcuſſione
Apolog.
Riuet.

lieu, mais d'eſtre inſeré dans noſtre hiſtoire,
à l'honneur de leurs Majeſtez.

Paſſant dans Amſterdam, vn de nos Eccle-
ſiaſtiques & moy, le Prelat des Catholiques,
homme d'erudition & de pieté ſinguliere,
nous introduiſit dans la Chapelle des Reli-
gieuſes, dont le nombre eſt grand; & là nous
arreſtant en preſence du S. Sacrement, qu'il
tenoit en main, nous proteſta au nom de ces
ſaintes filles, qu'elles s'obligeoient deuant
Dieu, par vn vœu exprés, à faire vne priere
particuliere tous les iours, pour la proſperité
de la Reine Tres-Chreſtienne, & de ſon cher
Fils: Qu'elles ſe mettoient entre nos mains (ce
ſont ſes meſmes mots, traduits du latin) pour
eſtre preſentées à ſa Majeſté & miſes ſous ſa
protection; qu'elles auoient oüy parler de ſa
pieté ſinguliere, & de l'inſtance qu'elle auoit
fait faire à Meſſieurs les Eſtats, pour les Catholiques, dont elles auroient vn reſſentiment
eternel. I'auoüe que cette proteſtation & cette promeſſe, faite ſi ſolemnellement, par tant
d'ames deuotes, qui auoient les larmes aux
yeux, en tira des miens, & me toucha tres-
ſenſiblement l'eſprit. Quoy! dis-ie, donc; le
murmure de l'enuie, & les vaines imagina-
tions de la Politique, qui ſe figure des fan-

e

tofmes de neant, valent-elles bien les loüanges & les acclamations de ces bouches inno-
centes, & les graces celeftes, qu'elles attireront
tous les iours fur la perfonne de noftre ieune
Prince ?

Ie parlois ainfi & de la langue & du cœur,
tandis que cét homme Apoftolique, fuiui des
principaux de fon Clergé, nous accompagnoit
iufques à noftre vaiffeau, renouuellant en noftre perfonne, quoy qu'indignes, les tendref-
fes & les fentimens des premiers Chreftiens,
à l'endroit de S. Paul, qui nous font repre-
fentez en des termes fi touchans aux Actes
des Apoftres. C'eft l'original & la viue pein-
ture de ce qui fe paffoit entre nous ; *Magnus*
fletus factus eft omnium, & procumbentes fuper
collum Pauli, ofculabantur eum, & deducebant
eum ad nauem. Ce départ eftoit encore accompagné de vœux & de fouhaits ardans, pour
le fuccez de la legation de nos Ambaffadeurs,
qui ayant apparemment pour but la paix ge-
neralle de toute la Chreftienté, attiroit les
yeux & les prieres de tous les bons Chreftiens.

Mais helas ! ils ont efté fruftrez de leur ef-
perance ; la parole du Prophete a efté malheu-
reufement accomplie ; *mentietur opus oliua ;*

Act. 20.

Habac. 3.

le fruit de l'oliue auortera; & la ville de Munſter deſtinée à ce Traitté, ne ſera pas plus remarquable à l'auenir, par la rage des Ana-
baptiſtes, que par le crime & la fureur de
ceux, qui ſe ſont oppoſez à la tranquillité
publique. Epargnons pour le preſent, noſtre iuſte indignation contre ces miſerables,
elle aura aſſez de loiſir & d'occaſion d'é-
clatter ailleurs; ou plutoſt abandonnons
les à la haine de tant de peuples, qu'ils ont
iuſtement encouruë, & pourſuiuons noſtre ſujet.

Munſter ſe trouua metamorfoſé en vn inſtant; d'vn grand village fortifié, où il habi-
te plus de beſtail que d'hommes, il ſe fit vne
ville magnifique, & l'on s'apperceut qu'elle
eſtoit la Capitale de Vveſtphalie. L'abord de
tant d'Ambaſſadeurs l'enrichit, leur ſuite la
peupla d'honneſtes gens, & leur liberalité
ſe répandit ſur les pauures. Les Aumoſniers de
ces Meſſieurs, pourront rendre témoignage de
la charité de leurs Maiſtres: Pour moy, ie n'ay
iamais veu vne ſource ſi inépuiſable de liberalité, que dans les mains de M. d'Auaux.
Iamais homme ne l'a ſollicité vainement de
luy bien faire; iamais homme ne luy a demandé, qui n'ait eſté heureuſement trompé

dans son attente ; receuant plus qu'il n'esperoit. Seculiers, Reguliers, Pauures declarez,
Pauures honteux, Catholiques, Lutheriens,
Galuinistes, ont esté l'objet d'vne charité si
vaste.

Il est vray que les paroles de S. Paul, que ie
luy ay entendu proferer tant de fois, l'auoient
instruit de la difference, qu'il y faloit apporter.
Galat. 6. *Operemur bonum ad omnes, maximè ad domesti-*
cos fidei. Aussi prenoit il vn soin tres-particulier
des domestiques de la Foy ; & comme entre
eux, ceux-là sont plus considerables, qui la
preschent & qui l'annoncent aux autres, &
par leur parole, & par leur exemple ; les Ec-
clesiastiques & les Religieux, receuoient con-
tinuellement des effets incroyables, de sa protection & de sa magnificence. Iusques là
qu'vn grand Prince, voulant traitter à proportion de sa qualité & de sa richesse, les Com-
munautez Religieuses, qui sont en assez bon
nombre dans cette ville là, commanda à ses
Officiers de prendre leurs mesures sur la liberalité de M. d'Auàux, qui en effet estoit vne
liberalité de Prince. Il auoit trop de modestie,
pour faire comparaison auec vn Duc de Lon-
gueville, en Gentilshommes, en Gardes, en
meubles precieux, en magnificence de train,

en feruice de table ; mais en profufion de fon bien pour les pauures , il ne cedoit à per-fonne.

L'aumofne toutefois ne fait pas toutes les Vertus Chreftiennes , & toute la pieté ne con-fifte pas en nos mains ; il faut qu'elle penetre iufqu'au cœur & iufques dans le fonds de noftre ame. C'eft là où elle refide , & d'où, comme d'vne viue fource, découlent vne in-finité de belles actions, dont le merite réjal-lit fur nous, & l'exemple fur les autres. Dieu qui a fondé le cœur de cét homme de bien, fçait auec quelle pureté & quelle fincerité il luy eftoit confacré : Nous n'en pouuons iu-ger que par les dehors , mais dehors qui font des violentes , & comme inuincibles preuues du dedans & de l'interieur. Vous les connoiftrez par leurs fruits , difoit le Fils de Dieu : C'eft la vraye fonde de la confcience.

L'hypocrifie n'a pas de conftance ; elle fe de-ment à la fin, & ne fçauroit tromper les clair-voyans, qui obferuent fes mouuemens auec vn peu d'attention & de prés. Cette vnifor-mité de mœurs reglées , cette conftante de-uotion, ce profond refpect des chofes fain-tes, ces difcours pleins d'edification , & fur tout le foin du falut du prochain, qui s'éten-

c iij

doit iufques fur le moindre de la famille, font des preuues indubitables d'vne pieté vraye-ment Chreftienne.

1. Tim. 3.

S. Paul tire vne confequence affeurée de la probité d'vn Pafteur, & de fa bonne condui-te fur fon troupeau, fi fa maifon eft bien gou-uernée; il croit qu'il ne peut eftre bon Euef-que, s'il n'eft bon œconome. A ce prix, ie peux dire, que la vertu de M. d'Auaux eftoit au point & en l'eftat de perfection, qui eft requife par l'Apoftre, en la perfonne des pre-miers Miniftres de l'Eglife. La police de fa maifon en effet & l'ordre de fa famille, meri-toit de feruir de modele à tous les Grands, qui veulent viure Chreftiennement.

Ie ne veux point parler de l'adminiftration temporelle, où ie n'ay point eu de part; mais ie puis affeurer, qu'il n'y a point de Superieur de maifon Religieufe, qui prenne plus de foin de la confcience & des mœurs de ceux qui font commis en fa charge, que M. d'Auaux faifoit de ceux, dont fa famille eftoit compo-fée. Elle n'eftoit pas moins que de cent te-ftes, differentes en qualité, en inclination, en employ. Il fe faifoit tout à tous, pour les ren-dre tous gens de bien. La priere, le commande-ment, l'autorité, l'exemple, agiffoient au vne

induſtrie & vne influence merueilleuſe ſur les
eſprits des plus grands & des plus petits. Et ſans
mentir l'on peut dire, qu'il auoit ce don de Dieu
par excellence, & qu'il auoit trouué ce iuſte
temperament qui eſt ſi rare, mais qui eſt ſi
neceſſaire, pour reüſſir dans la correction fra-
ternelle. Ie la luy ay veu faire, en ma preſence, à des Officiers du plus bas ordre, & du
plus releué de ſa famille, auec vn mélange de
douceur & de ſeuerité ſi bien preparé, & des
termes ſi bien meſurez à proportion des perſonnes, qu'il eſtoit impoſſible de reſiſter, &
de ne ſe pas rendre à vne bonté ſi iudicieu-
ſe & ſi charitable. Auſſi n'en ay-ie obſerué
pas vn, qui ait regimbé contre l'éperon, & qui
ne ſe ſoit retiré d'vne ſi vtile cenſure, auec
vne confuſion ſalutaire, & vn deſſein tout ap-
parent de corriger ſes defauts. L'exemple du
Maiſtre les obligeoit aſſez à viure Chreſtiennement, & d'approcher ſouuent des myſte-
res ſacrez; mais ſes preceptes eſtoient vne
honneſte contrainte, qui les ſollicitoit de s'acquitter de ce deuoir, auec les preparations
neceſſaires.

Que ſi quelqu'vn deuenoit dangereuſe-
ment malade, on n'auoit pas moins de ſoin
du ſalut de ſon ame, que de la ſanté de

ſon corps : Mais quant à ſa gueriſon , il en
laiſſoit l'entiere diſpoſition à ſon Medecin ;
pour l'eſtat de l'ame, il a toûjours voulu par-
tager ce pieux employ auec nous. C'eſt luy,
qui les exhortoit à la patience des maux &
des remedes ; c'eſt luy, qui les diſpoſoit plus
efficacement à receuoir le S. Sacrement ; c'eſt
luy enfin, ſi le mal ſe rendoit incurable, qui
leur denonçoit l'extrême neceſſité, auec vne
induſtrie ſi Chreſtienne, auec des ſentimens
d'vne foy ſi viue, que, qui ne l'eût point connu, l'eût pris pour le plus habile Capucin, qui
ait iamais paru en habit de Caualier, pour
aſſiſter les Catholiques en Hollande.

Ie luy ay veu rendre cét office à vn ſimple valet ; ie le luy ay veu rendre auſſi à feu M.
le Baron de Suruilliers, Gentilhomme de qualité, de l'ancienne race des Comtes de Meaux,
qui l'auoit accompagné dans cette Ambaſſade. Celuy-cy expira entre ſes bras, & dans
vn acte d'vne profonde humilité, que M.
d'Auaux l'exhortoit de faire, ſur ces paroles
de cét illuſtre penitent : *Non intres in iudicium*
cum ſeruo tuo.

Pſal. 142.

Nous perdiſmes en ce vieux cheualier, vn
eſprit auſſi commode, & vne conuerſation
auſſi agreable, qu'on en puiſſe deſirer : Et à
vray

vray dire, c'estoit la partie recreatiue & en-
ioüée de la famille, qui par ses entretiens di-
uertissans, a plusieurs fois temperé le chagrin
que nous auions conceu, des illusions de la
Cour, de la vaine poursuite d'vne paix fugi-
tiue, & d'vne si longue absence de nostre
chere Patrie. Sur quoy ie ne puis oublier, la
reflexion Chrestienne, que M. d'Auaux faisoit sur la mort de son amy: *Il a enfin obtenu,*
disoit-il, *de la bonté de Dieu, ce que nous des-*
rons auec plus de passion, la Paix, & le retour en
son pays: Il iouit d'vne paix eternelle auec Dieu;
il est en possession de nostre vraye Patrie, qui est
le Ciel. Aussi ayant eu ordre de faire son Epitaphe, ie fis grauer sur la pierre sepulcrale ce
qui s'ensuit:

    Piæ memoriæ Antonij de Meaux, Antiquiss.
& Nobiliss. familia Meldensium Comitum
oriundi, Baronis de Suruilliers in agro Syl-
uanectensi, Turmæ Equitum ex ala Regia
Præfecti, qui postquam supra quadriennium,
Claudio de Mesmes Comiti de Auaux, Re-
gis Christianiss. ad pacem Legato, indiuiduus
adhæsisset comes, hic mortalitatem expleuit
annos natus LXVII.

    Illustriss. Legatus, amico iucundiss. miseri-
cordia Dei in veram patriam reduci, ve-

ram pacem confecuto , mœrens fimul & in-
uidens , monumentum pofuit , anno exeunte
CIƆ IƆC XLVII.

Il portoit d'argent à cinq Couronnes d'épines de fable ; Armoiries que S. Louis auoit
données à l'vn de fes Anceftres, pour auoir
accompagné & conduit la Couronne d'épines de Noftre Seigneur en France, par fon ordre. C'eft pourquoy ie fis adioufter cét Epi-
gramme au deffous,

> *Hæc decora, hæc noftræ fulgent infignia gentis,*
>   *Francorum iuſſit quæ Lodoicus honos.*
> *Spinea cùm primùm Gallis côſpecta corona eſt,*
>   *Hanc tulerat Thracum littore, noſter auus.*
> *Sed fruſtra vetus illuſtrant pia ſtêmata nomen,*
>   *Ni tua mî cingat Laurea, Chriſte, caput.*

Ie fçay bien, que cette piece paroiftra vn peu
hors d'œuure, & qu'il femblera que ie m'é-
carte de ma route, pour auoir occafion de
faire monftre de mon Latin & de mes Vers.

Ciceron eft accufé par vn Critique de reputation, d'auoir fait vne digreffion impor-
Tufcul. 5. tune au milieu d'vne des Tufculanes, pour fe
donner la gloire d'auoir découuert le Tombeau d'Archimede, & prendre occafion de
dire, qu'vn Eftranger auoit appris aux Syra-

cufains, à refpecter les cendres d'vn Citoyen
fi illuftre, qu'ils auoient fi long-temps negli-
gées : Pour moy, i'auois leu plufieurs fois vn
fi bel endroit auec plaifir, & fçauois bon gré
à cét excellent Orateur, d'auoir adroitement
détourné le fil de fon difcours, afin d'y infe-
rer vne narration fi agreable. Il fe trouuera
peut-eftre quelque Lecteur fauorable, qui fera
vn pareil iugement de moy ; voire mefme qui
prononcera, que ie n'ay pas deu mettre en ou-
bli, la veneration que M. d'Auaux auoit pour
les cendres de fes amis, puis que le foin des
morts fait vne bonne partie des deuoirs, de la
Religion Chreftienne.

Mais puifque la pieté d'vn Chreftien enuers
Dieu, ne peut aller plus outre que de le feruir de tout fon cœur, & de toutes fes forces,
comme a fait M. d'Auaux ; & il me femble
l'auoir affez iuftifié par plufieurs exemples :
Puifque la pieté d'vn Chreftien enuers le prochain, ne peut aller plus loin, que de l'ac-
compaguer au delà de fa mort, & iufques
dans le monument ; il me femble que ie peux
mettre icy raifonnablement des bornes à
cette premiere partie, pour paffer aux deux
autres. Car quoy qu'il me refte vne infinité
de chofes à dire fur ce fujet ; i'auray encore

f ij

occaſion d'en debiter beaucoup, puis que
toutes les autres vertus de l'homme dont ie
parle, & toutes les actions qu'elles ont pro-
duites, ont pris leur teinture & leur plus beau
luſtre de ſa pieté.

Ie ſçay bien que la Science dont ie vas
parler, n'eſt pas vne vertu, ſi nous nous te-
nons à la definition étroite de cette habitude morale; mais il faut auoüer que c'eſt vn
grand ornement de la vertu, & que c'eſt vn
organe merueilleuſement puiſſant, en la main
d'vn homme ſage, employé au maniement
des grandes affaires. Qu'on parle tant qu'on
voudra du bon ſens & du beau naturel; celuy qui encore y conjoint les belles lettres, a
vn grand auantage ſur vn autre, qui n'a que
ces dons de la nature. Les preceptes & les
inſtructions qu'on reçoit de l'art & des diſci-
plines, ſont de merueilleux reſſorts, pour re-
muer ces deux grandes & peſantes machines
qui gouuernent le monde; la force, & la prudence.

Auſſi les Poëtes, nous voulans repreſenter
vn homme parfait en l'vne & l'autre de ces
qualitez, en la perſonne d'Hercule, l'ont fait
inſtruire dans les exercices du corps & de l'eſprit, par les plus excellents Maiſtres dont ils

ont pû s'aɯſer. Caſtor luy enſeigne l'art de la
guerre; Eurytus à tirer de l'arc; Harpalycus
fils de Mercure à luiter; Amphitryon à dom-
ter les cheuaux; Eumolpe à ioüer de la har-
pe; mais Linus luy-meſme, fils d'Apollon, eſt
ſon Precepteur pour l'inſtruire dans les bon-
nes lettres. M. d'Auaux, qui n'eſtoit pas deſtiné à donner des batailles, ni à combattre
des Dragons & des Centaures, n'a pas eu
grand beſoin de ces Eſcuiers, ni de ces Maiſtres d'armes: Mais pour le fait de la doctrine, de l'eloquence & des langues, il a certes
eu ſon Linus, vray enfant d'Apollon, comme
l'autre. Le Poëte l'appelle vn Heros qui veil-
le toûjours, & qui ne peut dormir ἀγρύπνος Ἥρως.
Ne vous ſemble-t-il pas que c'eſt de M. Ni-
colas Bourbon qu'il parle, cét excellent Profeſſeur, qui ne repoſa iamais de bon ſommeil,
& qui fut trauaillé toute ſa vie d'vne Agryp-
nie continuelle?

C'eſt luy qui donna gouſt à M. d'Auaux
des belles lettres, qui luy mit les bons liures
à la main, qui le façonna à cette noble maniere de s'exprimer, & à cette eloquence
maſle & majeſtueuſe, dont il eſtoit ſans mentir, vn grand Maiſtre. Le bon naturel du diſ-
ciple ſe rendit incontinent capable de tous

Theocrit.
Idyll. 24.

les secrets de son art, qu'il a employé pour le seruice du Roy & l'honneur de la France, en vne infinité d'occasions signalées.

L'Eloquence est de toutes langues; mais on sçait que la Latine est le truchement de tout le Septentrion. Son vsage n'est pas borné à enseigner seulement des enfans dans vn College, comme parmy nous; c'est la langue de tous les honnestes gens. Le Marchand qui tient beaucoup plus de rang en ce païs là, qu'en celuy-cy, le Gentilhomme, le Senateur, le Capitaine, les Princes & les Roys mesmes font trofée de la bien parler. Que diray-ie plus ? les Reines ont creu que c'estoit vne honte de l'ignorer. Cette excellente Christine de Suede l'entend & la parle elegamment; son Seneque & son Virgile l'accompagnent en tous ses voyages; c'est son miroir, son fard & sa fleur d'orange.

Ceux qui ont à traitter auec ces Princes & auec ces peuples, sont necessairement obligez d'estre Allemands, ou d'estre Latins; ou bien ils sont en hazard d'auoir souuent des dégousts, & de receuoir des affronts, qui sont fascheux à digerer. On a beau dire, que c'est la langue des Pedans & de l'Vniuersité: Les Pedans qui la parlent en ce païs-là, se

traittent d'Excellence, d'Alteſſe, & de Majeſté, & vous tiennent pour vn homme du bas
ordre & mal inſtruit, ſi vous ignorez le lan-
gage des Doctes.

M. d'Auaux ſçauoit l'vn & l'autre à perfection, & y auoit adiouſté la connoiſſance de
l'Eſpagnol & de l'Italien, qu'il parloit comme
le François. De ſorte que ie l'ay veu, en meſme temps, dans l'Aſſemblée de Munſter,
en conference auec quatre perſonnes differentes, & de differente nation, diſcourir en
ces quatre langues, auec vne elegance & vne
facilité incroyable. Ennius ſe fit appeller
Tricors, l'homme à trois cœurs ; pour auoir Agell.l. 17.
ioint la connoiſſance de la langue Oſque & c. 17.
de la Grecque, à ſa maternelle. A ce compte
M. d'Auaux pourroit eſtre nommé l'homme
à cinq cœurs ; mais il n'en auoit qu'vn, genereux & magnanime, qui animoit ſa langue & ſa main, & le faiſoit parler, haranguer & écrire d'vn ſtile hardi, politique &
digne en verité, de la Majeſté & de la gran-
deur du Prince, dont il repreſentoit la perſonne.

Le Pape & le Conſiſtoire ; le Duc & le Senat de Veniſe, qui l'ont oüi haranguer pluſieurs fois en Italien ; les Rois de Dannemare,

de Suede & de Pologne, & tant de Potentats
d'Allemagne, qui l'ont oüi souuent discourir
en Latin ; les Estats des Prouinces Vnies, les
Cours Souueraines, & tant d'autres personnes, auec lesquelles il a traitté, en sa langue
maternelle, peuuent deposer de la force
& de la beauté de son eloquence. Pour moy,
ie ne l'ay entendu parler en public, qu'aux
deux Audiances, qui furent données en plein
Conseil à nos Ambassadeurs, à leur entrée &
à leur sortie de la Haye : Mais il faut que l'enuie mesme confesse, qu'on ne sçauroit ni s'exprimer en plus beaux termes, ni discourir
plus iudicieusement, ni prononcer auec plus
de grace.

　　Quant à sa forme d'écrire ; la latine se peut
facilement découurir, par plusieurs discours,
lettres, & autres pieces d'Estat, que les Allemands ont imprimées, ou separément ou
dans le corps de leurs Histoires : *Nec dignius*
vnquam : Majestas meminit se se Romana locu-
tam. La Françoise se peut voir, dans vne in-
finité de depesches & de memoires d'affaires,
qu'il a écrites en l'espace de vingt-cinq ans,
qu'il a esté employé, dans les plus importan-
tes Ambassades & negotiations de cette Couronne, auec les Princes & les Republiques

étran-

Claudian.
Paneg.
Mall.
Theod.

étrangeres. Il ne se peut rien lire de plus cor-
rect, de plus Attique, & de plus ajusté au sujet
qu'il traitte.

C'est vn stile ferme, robuste, ramassé, plein
de nerfs, qui semble plûtost agir que parler:
Mais quoy que la brieueté luy plaise, la steri-
lité ne laisse pas de luy déplaire. Vous ne lais-
sez pas de remarquer dans ce visage serieux
& seuere, de la couleur, de l'embompoint, de
la beauté, de la grace. On y obseruera mesme,
ce son agreable, qui resulte de la structure des
paroles. Ce n'est pas leur abondance & leur
profusion, qui contente l'oreille; c'est leur a-
rangement & leur situation. A quoy bon de
remplir & d'enfler la periode, de termes vains
& vagues, & de redites importunes, principa-
lement en matiere d'Estat? Ce n'est que manque d'artifice, si on ne luy peut donner son iu-
ste circuit, qu'auec des paroles superfluës.

Lysias étoit concis, aigu, pressé, & pour
parler auec Ciceron, élegant & subtil; & Cicero. in Oratore.
toutefois grand Orateur, & toutefois nom- Quintil.l.
breux, & toutefois l'vn de ces dix, que la Gre- 9. c. 4.
ce a distingué des autres, & au rang de qui se
trouue Demosthene. Monsieur le Cardinal de
Richelieu, qui se connoissoit en dépesches, &
qui en receuoit de toutes les parties du monde,

g

a fouuent auoüé, qu'il n'en voioit point de plus
raifonnables, ni de mieux concertées, que celles de M. d'Auaux; & luy qui fe faifoit faire des
extraits, des lettres tant foit peu longues, pour
épargner le temps qui luy étoit fi precieux, fe
faifoit toufiours lire de bout à autre, celles de
noftre Ambaffadeur: N'ayant rien, difoit-il, de
fuperflu, & ne s'en pouuant éclipfer vne feule
claufe, qui ne caufaft quelque obfcurité, & qui
ne manquaft à la neceffaire expreffion de fon
affaire.

Mais qui le croiroit? que cét homme enga-
gé & accouftumé, par la neceffité de fon employ, à vn genre d'écrire fi graue & fi ferieux,
pouuoit paffer facilement à cét autre fleurif-
fant & enioüé, qui fait les delices de la Cour;
comme qui pafferoit du Confeil d'enhaut im-
mediatement au Cabinet & au Cercle de la
Reine. Cependant il y a reüffi fi heureufement,
qu'il a difputé cette palme à celuy qui fem-
bloit regner abfolument en l'eftat de ces belles
& fleuriffantes lettres. On les a imprimées depuis fa mort, où il paroift bien qu'il n'eft pas
moins le ialoux de M. d'Auaux, que fon admi-
rateur; & qu'il ne le refpecte pas tant, en qualité d'amy & de bienfaicteur, qu'il le redoute,
en qualité d'antagonifte. L'Editeur du liure,

supplia M. d'Auaux, de fouffrir qu'on y inferaſt quelques vnes de ſes réponſes: Il ne le voulut pas permettre; ſa modeſtie a enuié aux yeux du public, vn treſor de galanteries & de gentilleſ-ſes inimitables.

Il feroit temps de paſſer de la connoiſſance des langues à celle des ſciences, mais la prin-cipale dont il faiſoit profeſſion, eſtant la ſcien-ce de gouuerner, ie veux dire la Politique, nous aurons lieu d'en parler amplement, en traittant de la prudence. Ie diray ſeulement en cét en-droit, qu'il auoit vne connoiſſance tres exacte, de toutes les parties de la Philoſophie, voire meſme des plus épineuſes & difficiles : Et quant à la Iuriſprudence; il auoit penetré ſi a-uant dans le ſanctuaire de Themis, qu'il s'é-toit rendu capable d'exercer le ſacerdoce du droit & en qualité de Profeſſeur, & en qualité de Iuge. Il auoit grande intelligence, auec tous les bons autheurs de l'ancienne Grece & de l'ancienne Rome, & les auoit leus dans les ori-ginaux, comme il paroiſſoit bien par ſa forme de les aleguer & de s'en ſeruir, qui ne tenoit rien de l'emprunt ni de l'étude d'autruy.

Vn Seigneur Romain paſſionné de paroi-ſtre ſçauant, auoit touſiours à ſes oreilles des Eſclaues Grammairiens, qui luy fourniſſoient

Senec. Ep. 27.

promptement des paſſages , ſur la matiere qui
ſe traittoit en ſa preſence. La memoire de M.
d'Auaux luy rendoit cét office à point nommé , & ne luy laiſſoit échapper aucun beau
trait de l'antiquité , qui peût ſeruir ou à l'ornement de l'entretien , ou à l'exemple , pour la
conduite des affaires.

   Cela ſe faiſoit toutefois auec vn choix ſi
exact , & vn temperament ſi modeſte , qu'il
étoit tout viſible , que ſon iugement excitoit
ſa reminiſcence , & ne luy laiſſoit dire , que ce
qui étoit plus à propos pour le ſujet , & plus neceſſaire pour l'information de ceux qui l'écou-
toient. Cette methode importune & inciuile ,
de vouloir s'épuiſer ſur vne matiere , de parler
en meſme temps qu'on vous parle , & d'arra-
cher de la bouche d'autruy vn diſcours , pour
y auoir part ou ſe l'attribuer , d'acheuer vne
allegation , ou vn vers commencé par vn autre , en citer l'Auteur , ou les paroles ſuiuantes ,
pour monſtrer qu'on le ſçait auſſi bien que luy ;
étoit vne de ſes petites auerſions : I'ay oüy cent
fois des Docteurs luy dire des choſes qu'il ſçauoit mieux qu'eux meſmes , & luy les écouter
auec autant de patience & d'applaudiſſement ,
que s'il les eût premierement appriſes de leur
bouche.

Cét amour des belles lettres, auoit non seulement introduit les Muses dans son cabinet &
dans sa chambre; mais les associoit encore à ses
promenades, & les faisoit asseoir ordinaire-
ment à sa table. Les sçauants étoient ses amis
de toutes les heures, & comme ils auoient part
aux serieuses, ils étoient aussi tout son ieu &
son diuertissement & deuant & aprés le repas.
La calomnie, la medisance, les paroles libres,
la raillerie picquante, qui assaisonnent bien
souuent les grandes tables, étoient bannies de
la sienne : Mais la gayeté, l'honneste facetie,
les rencontres agreables, la poësie y trouuoient
tres commodément leur place.

De sorte que ie ne sçaurois mieux compa-
rer cette forme d'entretien, veu mesmement
la langue en laquelle il se faisoit ordinaire-
ment, qu'aux Colloques d'Erasme, si on les a
auoit purgez de quelques ordures & du liber-
tinage qui s'y rencontrent en quelques en-
droits. Tous les entreparleurs à la verité, n'e-
stoient pas d'vne si haute classe, mais le Chef
de la trouppe se démeloit si adroitement &
auec tant de facilité, d'vne histoire, d'vn con-
te, d'vne auanture moderne, qu'il est impossi-
ble de mieux ajuster les termes de cette langue
ancienne & étrangere, à des choses, des in-

g iij

uentions , des actions , qui n'ont iamais esté
pratiquées ni pensées par Ciceron , ni par Te-
rence.

La bienueillance qu'il auoit pour les gens de
lettres, ne se terminoit pas seulement, à les receuoir ciuilement à sa table. On ne pouuoit
pas dire de luy, ce que Virgile prononça autrefois d'Auguste ; qu'il étoit le fils d'vn boulan-
ger, d'autant qu'il ne donnoit que du pain à ses
Poëtes : Mais on pouuoit facilement découurir, qu'il étoit descendu de ces Illustres de Mesmes, qui ont non seulement nourry & fomen-
té , mais comblé de leurs bienfaits vn bon
nombre de Doctes de leur siecle, qui ont esté
les hostes de Passerat, & qui n'ont laissé passer
vn seule homme de reputation, qu'ils n'ayent
ou assisté de leur autorité, ou honoré de leur
bienueillance.

Les écrits de ces excellens hommes , qui ont
consacré à l'immortalité la memoire de leurs
fauteurs, ou de leurs bienfaicteurs, seruiront à
iamais de témoignage public d'vne verité si
glorieuse; & tant que les noms de d'Aurat, Tur-
nebe, Lambin, Passerat, Sainte Marthe, Bourbon, Grotius, dureront dans les bons liures; la
posterité sçaura, que cette noble maison a esté
dés la renaissance des belles lettres , la retraitte
& la protection des Muses.

M. d'Auaux a marché d'vn grand cœur,
dans les vestiges de ses Peres ; voire mesme on
peut dire, qu'il les a surpassez, & que s'ils ont ré-
pandu de la main sur les Doctes, il a versé du
sac dessus eux en abondance. Il est vray, que
ses Ambassades l'ayant presque tousiours tenu hors de France, les étrangers ont eu plus de
part à ses bien faits, que les domestiques ; &
neantmoins les vns & les autres ont ressenty
les effets de sa liberalité.

Cette noble qualité s'étoit proposé deux
objets principaux, les pauures & les Doctes :
Que si la pauureté & la doctrine se trouuoient
coniointes, comme il arriue assez souuent ; c'é-
toit certes vn puissant motif, pour exciter sa
beneficence. Vn celebre Critique, luy ayant
dedié sa correction de Tite-Liue, ouurage de
singuliere diligence & merite en ce genre, sur-
pris de la recompense de son trauail, se sentit
obligé de luy écrire en le remerciant : Qu'il ne
faisoit pas des presens, mais qu'il donnoit des
patrimoines. Cét honneste homme ne sera
pas marri, que les marques de sa gratitude se
lisent en plus d'vn lieu ; & d'ailleurs ie m'asseu-
re, qu'il est trop Philosophe pour trouuer à re-
dire, qu'on ait fait mention de sa pauureté. Le
bienfait qu'il a receu d'vne main si considera-

ble, n'eſt pas moins le ſoulagement de ſa fortune, que le témoignage de ſon merite.

Ie n'auois pas deſſein d'en venir icy aux e-
xemples, & ie laiſſois ce ſoin à la reconnoiſſan-
ce des particuliers, qui s'en ſont acquittez dignement. Les gens de lettres ſont riches de la
monnoye dont on paye les bienfaits; la gratitude & les belles paroles. Mais puis que ie n'ay
pû m'abſtenir de nommer quelqu'vn, ie voy
bien, que ie ne puis m'oublier moy meſme en
cét endroit, ſans vne extreme ingratitude.

Ie laiſſeray pour le preſent en arriere cette
fauſſe humilité, dont la ceremonie m'oblige-
roit de dire, que ie ne ſuis pas du rang de ceux
qui meritoient les bienfaits, de ce grand homme. Ie ne ſuis pas aſſez hypocrite, pour en venir iuſque là: Mais ie ſuis aſſez ſincere, pour
confeſſer ingenument, que M. d'Auaux ne me
deuoit rien, & que ſi mes études meritoient
quelque recompenſe, ie la deuois attendre
d'vne autre part que de la ſienne. Il a payé ce
qui m'eſtoit apparemment deu par d'autres, &
dont i'euſſe eſté certainement mal ſatisfait,
étant fort mauuais ſolliciteur des debtes de
cette nature. Ie ne ſuis pas ébloüy du prix, &
pour ainſi parler, du materiel de ſon benefice;
ie me ſuis paſſé à moins, & ie m'accommode-

rois

tois bien de plus : Mais quand ie confidere le
peu d'obligation qu'il auoit de me bien faire;
qu'il payoit par auance tous les feruices que ie
luy pouuois rendre; qu'il me donnoit vne portion notable, d'vn prefent qu'il faifoit à fes plus
proches : Quand ie confidere les termes d'honneur & d'eftime, dont il luy pleut de l'accompagner; i'auoüe que l'on ne peut, ni donner de
meilleure grace, ni receuoir rien de plus precieux, que ce que i'ay receu, de la main d'vne
perfonne, qui n'auoit pas moins de iugement
pour choifir les hommes, que de magnificence pour les obliger.

 C'eſt defia trop parlé de moy mefme, & fi
ie n'y prends garde, l'amour propre me va donner le change & fubftituer mon eloge, à la place de celuy de M. d'Auaux. Reuenons à fa maniere de traitter les gens de lettres. Ils n'e-
ftoient pas tous dans le befoin de receuoir
de luy; mais ils auoient tous trop d'intereft, au témoignage de fon eftime & de fon
approbation. Il la leur donnoit auec vne ciuilité nompareille, & auec des termes, qui té-
moignoient bien qu'il parloit auec connoiffance de caufe, & qu'il penetroit le fort & le
foible de leurs écrits, & les differences plus
indiuiduelles, de leur maniere & de leur ſtile.

h

Iamais aucun d'eux ne luy a écrit de lettre, &
il en receuoit de toutes parts, qu'il n'y ait fait
réponſe. Sans raualler la dignité de ſon emploi,
il s'égaloit à eux ; & leur monſtroit bien que
l'excellence de ſa diction & de ſa doctrine, valoit quelque choſe de plus, que le titre de ſes
Ambaſſades. Auſſi ces Meſſieurs gardent ſes
lettres, comme les plus precieux papiers de
leur cabinet, & les monſtrent ambitieuſement
aux amis & aux étrangers, comme les tableaux
d'vn excellent maiſtre, où il s'eſt repreſenté
ſoy meſme ; dont les traits & les couleurs ſont
ſi viues, qu'il s'en fait vne reflexion de lumiere
& de gloire, ſur ceux qui les poſſedent.

Iacques Baldé Ieſuite, ce grand Poëte Lyri-
que, l'vn des plus beaux eſprits, qu'ait iamais
produit l'Allemagne, fut tellement rauy, d'vne
réponſe que M. d'Auaux luy auoit faite, qu'il
l'a inſerée dans la Preface d'vn liure, qu'il luy
dedie. En la meſme maniere, que Ciceron dans
la Philippique xiii. fait l'anatomie d'vne dé-
peſche d'Antonius, mais non auec le meſme
deſſein ; ce ſçauant homme fait la diſſection de
celle de M. d'Auaux : En effet l'vn veut trouuer à mordre & à cenſurer ; l'autre fait vn Com-
mentaire d'applaudiſſement, d'admiration &
de loüange.

C'eſt vn plaiſir de voir ce beau genie, qui fait
tous ſes efforts pour égaler ſon texte par ſa belle gloſe, & qui en eſt preſque touſiours ſurmonté. Que ſi ie ne me trompe, il n'y a pas
moins d'emulation, que de gratitude en cette
piece; & Baldé a eu enfin beſoin de recourir à
ſes vers, pour loüer dignement nôtre proſe. Il
me ſemble que ie ne feray rien hors de propos,
ſi i'en adioûte icy quelques vns; & que ie ne
ſçaurois mieux terminer cét endroit, de la
ſuffiſance & de l'amour de M. d'Auaux enuers
les lettres, & de l'eſtime des Lettrez enuers luy,
que par le témoignage d'vne plume ſi ingenieuſe.

Le Poëte parle à Mercure qu'il enuoye,
en ambaſſade vers ce grand Ambaſſadeur, &
le fait ſon Plenipotentiaire, pour traitter auec
luy de ſa part : Voicy vne partie de ſon inſtru-
ction & ſa lettre de creance :

I precor, & celebrem (cuius tibi nomen aratum Lib. 9. Od. 5.
    Caſtalio conceditur oſtro)
Legatum Legatus adi : Cui Francia primas
    Borbonia ſecreuit in aula.
Nec pudeat mitti. Quamuis ex ſidere natus
    Mortalem iubearis adire.
Quem colis abſentem, viſum ſpectator amabis.
    Incumbit par munus vtrique.

Tu virgâ materna quatis caducifer aftra,
    Officij venerabile ſignum.
Hic ſceptri fulgore præeſt, ad fœdera miſſus.
    Summa viro delata poteſtas.
Depoſitum mundi, quantum ſol Gallicus ambit,
    Magnanimo ſub pectore verſat.
Protendis gemini complexum nuntius anguis,
    Solerti ſatus indole Diuûm.
Huius in ambiguis ſerpens prudentia cauſis,
    Fraude nequit, nequit arte teneri.
Cautior in libros caput atque volumina condit,
    Sic animam corpuſque tuetur.
Tu furuos manes ſub inania tartara pellis,
    Ac remeas ſuper æthera victor.
Hic vitiis, tanquam furiis, procul orbe fugatis,
    Aſtriferum luctatur in axem.
Inuidiam factis, reſponſis mollibus iram,
    Fortunæ domat ora ſilendo.
Aliger & plantis & vertice, curſibus ipſas
    Vincis aues, ventoſque volatu.
Hic, animi velox, trepidæ non indigus alæ,
    Conſiliis libratus in altum,
Regna per, & populos, diſcurrit acumine mentis,
    Qua ſcribit, ſecat æthera penna.
Attonitum placido ducit ſermone Senatum ;
    Verba loqui regalia ſcires, &c.

Nous voicy enfin paruenus, au fort de no-

ſtre diſcours, & pour ainſi dire, au royaume de
M. d'Auaux ; ie veux dire à ſa prudence. De
vray il a regné en cette vertu ; & il ſemble que
la nature, l'art & l'experience, ont conſpiré en-
ſemble, pour faire l'vn des plus grands Politiques Chreſtiens, qui ait paru en ces derniers
ſiecles. Ie ſçay bien que cét epithete de Chrétien, que i'adjoute au Politique, ſera conſide-
ré par les prudens mondains, comme vne qualité qui détruit ſon ſujet. Ils croient en effet,
que la prudence Politique & la pieté ſont im-
compatibles, & qu'il eſt impoſſible d'accorder les loix de l'Etat & de l'Euangile.

Oüy certes à ceux qui veulent gouuerner
tyranniquement, qui n'ont autre viſée, que de
ſatisfaire leur ambition, leur cruauté, leur auarice. Ceux là ſans doute, doiuent violer les Loix
Diuines & Humaines, n'auoir de foy ni de
parole, qu'autant qu'il eſt profitable à leurs
deſſeins ; répandre le ſang impitoyablement
par des guerres immortelles, & paſſer ſur les
corps morts, pour paruenir au comble de la
fortune.

Mais le fidelle Miniſtre, qui ſe propoſe la
iuſtice & l'équité, qùi ne ſouffre la guerre que
pour auoir la paix, qui veut attirer les benedictions du ciel & de la terre ſur ſon Prince,

agit bien d'vne autre forte, & peut conioindre
adroitement, la prudence du ferpent à la fim-
plicité de la colombe. M. d'Auaux a pratiqué
cét auis du Fils de Dieu, & a meflé l'vn à l'autre, auec vne induftrie admirable. Le S. Efprit
qui eft l'auteur de la vraye prudence & de
tous les bons confeils, a voulu paroiftre fous
la figure de cét oifeau, pour nous monftrer
que la foy, la candeur & la fincerité en font
infeparables. Et fans mentir ces qualitez font
fi neceffaires, pour la raifonnable conduite &
des affaires publiques & des particulieres, que
ceux mefmes qui ne les ont pas, & qui croyent
qu'elles font preiudiciables à leur œconomie
& à leur politique, en font monftre & often-
tation.

Ils fçauent qu'ils ne pourroient tromper
perfonne, s'ils ne les attiroient par ces belles
apparences. Toutes les prefaces de leurs entretiens & de leurs lettres, font parées de leur
foy & de leur fincerité, & leur cœur eft plein
de fourbe & d'impofture. Que fi on les fom-
me de leur promeffe, ou ils denieront effron-
tément de l'auoir faite, & vous reduiront à
ne traitter auec eux, qu'en prefence de No-
taires; ou ils vous diront qu'ils ne font pas ef-
claues de leur parole; & par cét infame

apophtegme, les voila abſous de tous ſer-
mens & de toutes promeſſes.

Mais auſſi conſiderez le mauuais ſuccés de
leur fauſſe Politique : Ils ont gaigné à force
de mentir, qu'on ne les croit pas, meſme quand
ils diſent vray ; & tout ce qui paroiſt de leur
part, étant regardé comme des preſtiges & des
Chaſteaux enchantez ; on en conçoit vne telle
défiance, qu'enfin on eſt contraint, de rompre
tout commerce auec eux & de les bannir de la
ſocieté des hommes.

La parole de M. d'Auaux valoit ſerment ; &
ſon ſerment n'a iamais eſté violé d'aucun par-
iure. Auſſi étoit-il neceſſaire, qu'il eût cette
qualité en éminence, pour reüſſir dans les Na-
tions Germaniques. Chacun ſçait, combien
ces peuples, & par nature & par inſtitution, ſe
piquent de franchiſe & de loiauté. Ils ont heri-
té ces vertus de leurs peres : Ils trouuent les ti-
tres de cette poſſeſſion, dans Tacite, & ne l'im-
priment iamais, qu'en gros characteres : NVL- Annal.1.
LOS MORTALIVM ARMIS AVT FIDE ANTE GERMANOS
ESSE. M. d'Auaux, pour ſon particulier, ne leur
diſputoit pas la gloire des armes ; mais il pouuoit leur debatre cette autre qualité, ſans crainte que ſon Franc-Gaulois, pût eſtre ſurmonté,
par la franchiſe Allemande.

Ils étoient aussi tellement persuadez de sa probité, que non seulement ils tenoient ses paroles, pour des effets certains; mais mesme que les partis differens & contraires, dont cette nation est diuisée, ont remis bien souuent, leurs interests entre ses mains, pour en estre le souuerain arbitre. La qualité d'Ambassadeur d'vn Prince étranger, voire mesme ennemy declaré de quelques vns, n'a pas empesché que tous ne luy ayent deferé la decision de leurs querelles: Sa preud'hommie & son equité s'est fait écouter des amis & des ennemis, & a fait que ceux-cy ont acquiescé à la sentence d'vn iuge, qui en effet estoit leur partie aduerse.

C'est à peu prés ce qui se passa à Osnabrug, quand apres auoir surmonté tant de difficultez & d'obstacles, il arresta la paix d'Allemagne, qui depuis fut signée par vn autre. L'iniuste & precipitée reuocation, qu'on fit de sa personne, d'vne assemblée, où elle auoit vne influence trop pacifique, au goust de quelques vns, ne luy pût rauir la gloire, d'estre le principal auteur de la paix de l'Empire. Il souffrit cette iniure auec vne constance merueilleuse, quoy qu'il eût incomparablement plus de sujet de s'affliger, que ce Seigneur Romain, qui ne se pût iamais consoler, de voir dedier par vn

autre

autre le Temple de Iupiter Capitolin, qui auoit
esté si superbement basti par ses ordres.

Il me souuient de ces belles paroles, tirées
du liure de la Sapience, que ie luy entendis prononcer plusieurs fois, durant nostre retour en
France; *Stabunt iusti in magna constantia, ad-* Sap. 5.
uersus eos, qui se angustiauerunt, et qui abstule-
runt labores eorum. Et certes elles representent
parfaitement, & la resolution de cét homme
de bien, qui s'en reuenoit auec vne croiance
certaine, d'estre le Martyr de la Paix, sous la persecution d'vn Ministre, que les Declarations
publiques en reconnoissent estre l'ennemy ca-
pital; & la qualité de l'iniure qu'on pretendoit
de luy faire, en luy rauissant le fruit de tant de
trauaux & de veilles.

Mais si Messieurs ses Collegues luy peuuent
disputer, auec quelque droit, le succés de la derniere negotiation d'Allemagne; personne en
recompense n'entre en part de celle de Hambourg, où l'on peut remarquer encore vn illustre exemple, de la croiance que les Allemands
auoient en sa parole, ioint à l'vn des plus si-
gnalés seruices, que iamais Ambassadeur ait
rendu à cette Couronne.

L'armée du Mareschal Bannier, quoy que
victorieuse, apres plusieurs prises auec celle

i

des Imperiaux, s'alloit diſſiper faute d'argent:
Ce vieux corps, étoit preſt de tomber dans vne
paralyſie mortelle, par vne foibleſſe & vne reſolution des nerfs qui le ſoutiennent. Les principaux Chefs capituloient deſia, auec les Tre-
ſoriers du party contraire, qui leur promet-
toient d'acquiter, aux deſpens de l'Eſpagne,
tout ce qui leur eſtoit deu par la Suede. Ce tra-
fic n'eſtoit pas ignoré en France; on en conſi-
deroit bien la perilleuſe conſequence, & que
cette milice venale, iointe aux armées Impe-
rialle, Eſpagnolle & Bauaroiſe, alloit faire ſur
nous vne inondation de Barbares. Le fonds
deſtiné pour empeſcher ce deſordre n'e-
ſtoit pas preſt. Bannier preſſe; mais noſtre beſoin propre, preſſe encore dauantage. On ten-
te les marchands, ſur le credit du Roy; ils ne
veulent point auoir à faire à vn debiteur de ſi
bonne maiſon: M. d'Auaux donne ſa parole, &
s'oblige en ſon propre & priué nom; & ſur cette aſſeurance on luy fournit dans vingt-quatre
heures, quatre-vingt mille eſcus, qui diſtri-
buez promptement & à propos, diuertirent
ce grand orage qui nous menaçoit, & empeſ-
cherent la diſſipation de l'armée.

Le Marechal ſe ſentit tellement obligé d'vn
ſecours ſi preſent & ſi ineſperé, qu'il voulut

remercier en personne, & voir comme vn objet extraordinaire, ce Ministre, qui hazardoit
ainsi librement toute sa fortune pour son Prince & pour sa Patrie. Il se hazarda d'entrer dans
vne Ville Imperiale, qui estoit, si non assiegée,
au moins enuironnée de ses troupes, pour s'a-
boucher auec M. d'Auaux: Apres l'auoir em-
brassé, & appellé plusieurs fois le Pere & le Con-
seruateur de son Camp & de son Armée, il luy
protesta, qu'il vouloit doresnauant qu'on ne le
tint pas tant pour le General des armées de
Suede, que pour le Soldat du Roy de France.

C'est en cette mesme Ville, où M. d'Auaux
demeura si constamment par tant d'années,
n'ayant aucune seureté ni passeport de l'Empereur, sans que les allarmes continuelles, les ad-
uis des entreprises sur sa personne, qu'on luy
donnoit, peussent l'intimider, ni luy faire quitter prise, à cause de la consequence de sa retraite. En effet sa constante presence dans vn lieu
si suspect, tint les Ambassadeurs de Suede en
deuoir, les empescha de traitter separément
auec le vice-Chancelier Courtz, qui leur offroit
des conditions si auantageuses; renoüa & renouuella nostre alliance auec eux, & les obligea de trauailler coniointement, au traitté preliminaire de la Paix.

i ij

Ce fut là certes vn coup de maiſtre, & iugé tel & dans la Cour de France, & dans la Cour de Vienne. Le Cardinal de Richelieu ne pouuoit en diſſimuler ſa ioye, il ne ceſſoit de preſcher ce grand ſeruice aux oreilles du Roy : Il le iugea digne, d'vne haute eſtime & d'vne grande recompenſe. On enuoya des lettres fort obligeantes, auec le breuet d'vne Abbaye de trente mille liures de rente. M. d'Auaux refuſa le benefice, par principe de conſcience, & ſouffrit les loüanges, par raiſon de ciuilité.

Ainſi fut ouuert le Temple de la Paix, par le traité Preliminaire, auec grande ioye & grande expectation, de toute la Chreſtienté. Que ſi les conſeils de celuy qui en auoit fait l'ouuerture, euſſent eſté ſuiuis à Munſter, nous ſerions entrez iuſques dans ſon ſanctuaire, & euſſions fait le plus vtile & le plus glorieux Traitté à la France, qui ait eſté conclu, depuis l'établiſſement de cette Monarchie. Mais l'aſtuce l'emporta ſur la prudence, & nos mauuais deſtins preualurent à toutes les raiſons & les maximes de la vraye Politique.

C'eſt aſſez touché cette playe, qui n'a deſia que trop ſaigné, & qui ne peut eſtre maintenant guerie, quelque appareil qu'on y applique, qu'il ne nous en reſte vne difforme &

honteuſe cicatrice. Quand M. d'Auaux a agi,
ſous les ordres d'vn Miniſtre prudent & reſolu,
à qui la vertu des gens de bien n'eſtoit pas ſu-
ſpecte ; quand il a pû conduire les negotiations, ou par ſon ſeul genie, ou auec des eſprits
ſociables, elles ont toutes reüſſi entre ſes mains,
quelques obſtacles & difficultez qui s'y ſoient
rencontrées.

Y auoit-il rien de plus difficile, ie vous prie,
que de faire reſoudre les Venitiens, à faire la
guerre au Roy d'Eſpagne? Cette propoſition
n'eſtoit-elle pas apparemment ruineuſe à leur
Republique, en vn temps où la reputation de
la puiſſance de ce grand Monarque eſtoit entiere, & n'auoit point eſté encore entamée
par nos victoires? Il eſtoit comme dans vne
paiſible poſſeſſion depuis cent ans, de donner
la loy à l'Italie, & de faire regner ſous telles
conditions, & dans telles bornes qu'il luy plai-
ſoit, ces petits Princes, qu'il ſouffre, comme
des inſtrumens de la ſeruitude, dont il oppri-
me cette Prouince.

Le Pape, à la verité, & Veniſe ſont plus
puiſſans que les autres : Mais à vray dire, l'vn
eſt plus conſiderable par la veneration de ſon
Sacerdoce, que par ſes forces ; & Veniſe, depuis qu'elle a eu vn ſi puiſſant voiſin, a creu

qu'elle se conseruëroit plutost par les coups de
teste, que par les coups de main ; ie veux dire,
par les pratiques &, les negotiations, que non
pas par les armes.

Encore donc que ce prudent Senat vit bien,
quel'vsurpation de Mantoüe, estoit des appro-
ches tres dangereuses à sa liberté, il esperoit
toutefois de destourner cét orage par quelque
tour d'adresse, & quelque accommodement
procuré, ou par l'Empereur, ou par le Pape.
M. d'Auaux voyoit bien que c'estoit vne pure
illusion, de croire qu'vn tel mal se peust gue-
rir auec des paroles ou des chiffres ; il iugea
bien qu'il falloit appliquer le fer & le feu à vne
telle gangraine. Mais à la premiere proposi-
tion qu'il en fit, les Senateurs en conceurent
vne telle horreur, qu'il perdit presque toute
esperance, de leur persuader de prendre vn
conseil genereux. Neantmoins il leur fit voir
peu à peu, & par de si viues raisons, que cette
resolution n'estoit pas si dangereuse, qu'elle
estoit absolument necessaire au salut de leur
Estat ; qu'enfin ils conclurent de passer le Ru-
bicon, & de commettre l'éuenement de cette
affaire à la fortune des armes.

Toute l'Italie s'estonna autrefois de voir que
les Venitiens, qui ne se picquoient pas autre-

ment de cette loüange, eſtoient tous deuenus
ſoldats, comme en vn inſtant, pour la repriſe
& la conſeruation de Padoüe : Elle n'admira
pas moins, en cette derniere occaſion, la reſolution qu'ils prirent de faire la guerre au Roy d'E-
ſpagne, & ne pouuoit comprendre, qui auoit
peu eſchauffer iuſqu'à ce point, la froideur de
leur conduite ordinaire.

Mais le Duc luy-meſme & ſes principaux
Aſſeſſeurs, auoüèrent pluſieurs fois à M. l'Ambaſſadeur, qu'il les auoit mené beaucoup plus
loin qu'ils ne vouloient aller, & qu'ils ne dor-
miroient point de bon repos, qu'ils n'euſſent
veu le Roy en perſonne deſcendre des Alpes,
à la teſte de ſon Armée. Sa venuë acquitta la
promeſſe que M. d'Auaux leur en auoit faite, &
le ſuccés de ſa negotiation fut ſi heureux, qu'elle ſe termina par la victoire & la reſtitution de
Mantoüe.

Deuant que de ſortir de Veniſe, ie ne puis
oublier l'accommodement de cette Republique auec le Pape, qui ſe fit par ſa conduite &
ſon miniſtere. Ie ne veux point parler des cau-
ſes de cette querelle; il importe que la memoire
des diuiſions, qui arriuent entre le pere & les
enfans, ſoit à iamais étouffée. On craignoit
que les choſes n'en vinſent, entre le S. Siege &

le Senat, au point où elles auoient esté, au
temps de Paul V. La prudence, accompagnée
d'vne sincere pieté enuers le Pere commun des
fidelles, & d'vne veritable affection enuers vn
Estat, ioint par des interests si estroits auec la
France, preuint ces desordres.

M. d'Auaux fut enuoyé à Rome, où le Pape
Vrbain VIII. eut tant de satisfaction de luy,
qu'il le demanda dés lors au Roy, pour Ambaffadeur ordinaire. Ce grand Pontife, qui a
rendu les Muses toutes Chrestiennes, & qui les
a fait asseoir, pour ainsi dire, auec luy dans son
Trofne Apostolique, ne se pouuoit lasser de
son entretien: Il differoit souuent les heures de
son repas & de son sommeil, qui d'ailleurs
estoient si reglées, pour iouïr d'vne conuersation qu'il trouuoit si docte, si raisonnable & si
iudicieuse.

Depuis ce temps, il ne s'est point passé d'année, que M. d'Auaux n'ait receu des benedictions du costé de Rome: Les Brefs qui s'écri-
uent aux personnes plus qualifiées, dans vne
certaine formule de Chancellerie, auoient vn
stile tout particulier pour luy, & il estoit facile
d'y remarquer ces mesmes traits & ces mesmes
lumieres, qui esclattent dans les compositions
de ce sçauant Pape.

le

Ie voy bien que la suite de ce discours &
des negotiations de nostre Ambassadeur, m'o-
blige necessairement de retourner sur mes pas,
& de faire vn second voyage en Pologne, en
Suede , & presque dans toutes les parties du
Septentrion. Sa pieté nous y a desia prome-
nez , sa science nous y a fait faire quelque sta-
tion , sa prudence nous y rapelle.

Que s'il me faloit souffrir par les chemins les
mesmes incommoditez, les mesmes fatigues,
& particulierement la mesme tempeste, qui le
mit à deux doits du naufrage, sur la coste de
Noruege; i'aurois peut-estre de la peine à m'y
resoudre : Mais ces vastes espaces de terre & de
mer sont trauersez en vn moment, par le vol
de la plume, & ceux qui ont donné des aisles à
la parole, auoüeront facilement, que la pensée
n'en est pas despourueuë, & qu'elle peut cou-
rir auec vne promptitude incroyable , dans
toutes les regions du monde.

Repassons donc en Dannemarc, pour considerer, auec quelle addresse & quel courage il
conserua la precedance de la France, sur l'Espagne, aux nopces du Prince Christian, qui épou-
soit madeleine sibylle fille de l'Electeur de Saxe.

Le Roy pere du marié, desiroit auec passion,
que la feste fût honorée de la presence des

k

Ambaſſadeurs, des deux plus grands Monar-
ques de la Chreſtienté.

Ce deſſein étoit de difficile execution: L'vn ne
veut point ſouffrir de premier; l'autre ne veut
point de pareil. On propoſa pluſieurs expe-
diens, & entr'autres, on defera le choix de la
ſeance à table, à l'Ambaſſadeur de France. C'e-
ſtoit apparemment luy donner le premier lieu:
Mais luy preuoyant que la ſituation de la ſa-
le, l'ouuerture de certaines portes, l'entrée de
meſmes Officiers de part & d'autre, rendoit la
choſe ambiguë; qu'il y auroit en effet deux
mains droites, & qu'il tomberoit dans l'incon-
uenient des deux encenſoirs, du Concile de
Trente; refuſa ce party.

Il proteſta donc, pour éuiter à toutes ces ſu-
percheries, qu'il ne prendroit point d'autre
place, que celle que l'Ambaſſadeur d'Eſpagne
auroit premierement choiſie; qu'il luy en de-
feroit le choix, mais qu'il en vouloit prendre
la ſeance. Cette fermeté declara foibles, toutes les ruſes & les artifices, dont l'Eſpagnol
ſe ſeruoit pour ſe mettre inſenſiblement en li-
gne parallele, auec vn Ambaſſadeur de France, & l'obligea de ſe retirer & de faire voile,
ſur le point qu'on commençoit la ceremonie
des nopces.

De ces nopces Danoises, M. d'Auaux passa
en Suede, pour y disposer les esprits à vn accommodement auec Pologne. Ce fut là,
qu'il pratiqua premierement ces grands Senateurs, qui par leurs conseils, ont fait subsi-
ster la fortune du Roy Gustaue, apres sa
mort, & ont conserué le fruit de ses victoires, ne laissant pas échapper l'occasion de faire vne paix auantageuse. Il confera auec eux
des moyens d'auancer la cause commune, &
leur persuada de retirer leurs forces de Prusse, afin d'auoir moins d'vn ennemy, pour ran-
ger plus facilement les autres à la raison, dont
la puissance & la conduite, leur deuoit estre
bien plus formidable.

La Reine Christine, qui n'auoit alors que
sept à huict ans, mais en qui l'on voyoit desia
éclater les premiers rayons de ces viues lumieres & de ces belles connoissances, qui la
rendent la merueille de son siecle ; reconnut
facilement, que M. d'Auaux n'estoit pas seulement vn Ambassadeur, mais vn homme extraordinaire. Elle se plaisoit vniquement en
sa conuersation, & dans vn âge où les enfans
ne s'entretiennent que de leurs ioüets & de
leurs danses, cette ieune Princesse luy mon-
stroit ses liures, & le consultoit sur les estu-
k ij

des qu'elle deuoit faire, pour regner vn iour
auec plus de iustice & de clemence , sur ses
peuples.

Depuis elle a tousiours conserué vne esti-
me tres particuliere pour ce grand personna-
ge, qu'elle luy a témoignée, non seulement par
ses Ministres, dans plusieurs occasions impor-
tantes ; mais par des lettres, tantost Latines,
tantost Françoises , qu'elle luy écriuoit de
temps en temps:Que si sa Maiesté pour cét effet a emprunté quelquefois la main, iamais elle n'a emprunté le stile d'autruy. Chacun sçait
qu'elle écrit & parle en ces deux langues ,
auec vne elegance merueilleuse.

Il y auoit beaucoup d'apparence , que venant de Suede, où il auoit esté si bien receu,
les interests de cette Couronne estans con-
joints étroitement auec les nostres, son entre-
mise seroit suspecte & de peu d'effet, chez les
Polonois:Et de vray il en arriua ainsi d'abord.
Mais aussi-tost que le Roy Vladislaus & les
Palatins du Royaume , l'eurent tant soit peu
pratiqué , qu'ils veirent auec quelle sincerité
& quelle suffisance il manioit les affaires; ils
prirent vne entiere confiance en luy, & tout
le faix de la negotiation tomba sur ses épaules : Iusque là, qu'vne indisposition qui luy

furuint, arresta le Traitté plusieurs iours, les parties ne pouuant rien conclure, sous les autres Mediateurs, enuoyez d'Angleterre & de Hollande.

La presence d'esprit, la facilité de s'expliquer en plusieurs langues, les belles connoissances qu'il fit paroistre en cette occasion, dans les conferences publiques & particulieres, firent conceuoir vne si haute opinion de luy à ces Seigneurs, qu'ils ne croyoient pas qu'il luy fût permis d'ignorer aucune chose.

Sur quelque incident qu'on examinoit dans cette Assemblée, il écheut de dire à M. d'Auaux, *Ie ne sçauois pas cela*; le Palatin de Belse, homme non moins bien instruit dans les belles lettres, que dans les armes, ne pût souffrir que ces termes sortissent de sa bouche, & le voulut conuaincre du contraire, par vn témoignage domestique. Il s'écria donc prononçant ce Vers de Passerat:

Pace tua Memmi, Nihil ignorare videris.

Et certes il n'ignoroit rien des choses necessaires à la perfection d'vn grand homme d'Estat; & sur tout il sçauoit parfaitement l'art de ramener les hommes à la raison, quand ils sont emportez d'vne passion violente. Vn accident estrange arriué durant le cours de ce

traité, nous fert d'vne illuftre preuue, qu'il
eftoit vn grand maiftre à faire efcouter les
leçons de la prudence, mefmes au milieu du
defordre, de la cholere & du tumulte des armes.

L'affemblée fe tenoit à la veuë des deux armées; il efchappa aux Deputez d'vne des na-
tions, des paroles qui fembloient toucher
l'honneur de l'autre. Ces hommes, la plufpart
militaires, s'efchauffent, prennent feu, partent
de la main; courent chacun à leurs troupes:
Les voicy picques baiffées, prefts de fe choquer. M. d'Auaux fe iette à la trauerfe, & fe
veit en danger d'eftre enferré des deux coftez.
Il fait figne de la main qu'il veut parler, fon
authorité impetre quelque filence; mais fes
paroles impetrerent bien dauantage.

Il manie fi dextrement ces efprits irritez,
qu'il calme vne fureur armée de fer & de
poudre à canon, les oblige de retourner en
leur camp, & leur fait à la fin rendre les armes entre fes mains, par vne trefue de vingt-
fix ans, qui dure encore. Ie peux bien vfer
de ces termes, rendre les armes entre fes
mains, puifque le General de Pologne fit cette action, comme au nom de tous, & luy enuoya fon épée, enrichie de turquoifes & d'au-

tres pierreries; mais bien plus precieuſe & plus
eſclattante, par le merite de cette honneſte
lettre, qui l'accompagnoit. Ie l'ay tirée, des
memoires de mon frere, qui le ſuiuit en ce
voyage, & ſe trouua dans cette meſlée.

ILLVSTRISSIME ET EXCELLENTISSIME
Domine amice obſeruandiſſime.

VAlediction officium iterato *Illuſtriſſimæ*
& Excellentiſſimæ D. V. perſoluo, perſo-
luturus coram ac ſtrictiſſimè eam amplexurus,
ſi per negotia, quorum concurſu premor, ſi per
miſſionem inauctorati militis, quæ ex religione
& formula pactorum debetur, liceret. Eam ob
rem per præſentes id exequor, atque ex animo
Illuſtriſſimæ & Excellentiſſimæ D. V. non ſolum
fælix fauſtumque iter, verum etiam, tot ipſius
laborum ac meritorum digna ac iuſta præmia,
ex animo cupio voueoque, quæ iam & cælitus
ſunt decreta, & à Chriſtianiſſimo ac potentiſſi-
mo Rege omnino ſperanda. Porrò cum *Excellen-*
tiſſimæ Illuſtriſſimæque D. V. ſumma prudentia,
ac ſiſtendo ſanguini Chriſtiano accommodata
conſilia, me ferro accinctum diſcinxerint, ſpo-
lium laborum *Illuſtriſſimæ & Excellentiſſimæ D.*
V. libens eidem offero, meque ciuem in hoc bel-

lo pacatum, ipſius opera agnoſco. Suſceperit ita-
que hocce pignus amoris, cultus ac mea erga ſe
obſeruantia, feliciſſiméque tractarit, vt potiùs
ſanguine hoſtium Chriſtiani nominis ſtillet ac ru-
beſcat, quàm ferrugine vileſcat. Cæterùm opti-
mam valetudinem, proſperrimumque rerum ſuc-
ceſſum, Illuſtriſſima ac Excellentiſſima D. V.
precor, ſtudiaque ac officia mea paratiſſima de-
fero. Ex caſtris ad Mariævuerden, die XIX.
Sept. A. D. M. DC. XXXV.

ILLVSTRISS. ET EXCELLENTISS. D. V.

Amicus & ſeruitor

Staniſlaüs à Coniepol Konieſpoliki
Caſtellanus Cracouienſis, Exercituum
Regni Poloniæ ſupremus Generalis,
Buſcenſis, Barenſis, Couelienſis P.
Coſkierouienſiſque &c. Præfectus.

M. d'Auaux, qui n'eſtoit pas homme
pour ſe laiſſer vaincre ni en ciuilité, ni en elegance, luy fit cette reſponſe.

ILLVSTRIS.

ILLVSTRISS. ET EXCELLENTISS. DOMINE
amice obſeruandiſlime.

*Antùm abeſt, vt de Excellentia veſtra
quicquam meruiſſe exiſtimem, vt etiam,
cum me Pacis huius Conciliatorem geſſi, vehe-
menter illi diſplicuiſſe metuerim. Nam qui ſo-
piendo huic grauiſſimo bello incubui, maximam
profectò gloriæ ſegetem, quæ ſe virtuti veſtra of-
ferebat, præcidiſſe arbitror. Intelligo nunc tamen
operam meam, vobis ingratam non fuiſſe; & ex
magnifico munere, quod ab Excellentia Veſtra mihi allatum eſt, inſigne beneuolentiæ erga
me veſtræ argumentum, libentiſſimè agnoſco &
deoſculor. Satis equidem fari non poſſum, quàm
incredibili gaudio perfundor, cum eum Enſem
manu contrecto, quo timendus toto Septentrione,
totòque Oriente Coniecpolikius, accinctus eſt. Eum,
inquam, enſem qui Gentibus terrori, Chriſtia-
næ ſpei atque fiduciæ ſemper fuit. Vtinam ex
voto Excellentiæ Veſtræ, à me vel à meis, Ethni-
corum cruor rurſus imbui poſſit. Eo interim vti
libet in perrumpendis tot periculis & hoſtibus, qui
reditui meo in Galliam officere volent: Atque ego,
qui hactenus pacis pararius fui, bellatoris perſo-
nam induam, dum ſtrenuiſſimus Polonici exercitus
Imperator ciuem aget; ac tandem cum patrios la-*

I

lares contingere mihi Deus dederit, tùm verò potiore armamentarij mei loco, fatalem enfem ipfe appendam, eumque ad vltimam fanguinis, nominifque mei pofteritatem peruenire iubebo. Non eum rubigine deteri, non fitu ac puluere fordefcere patiar: Ad eum contrectandum affilient, anhelabuntque filij nepotefque mei, donec adulta ætatis priuilegio, eum impunè ftringere ac vibrare poßint; cuiufque erit fortior ac generofior indoles, eum ego illi iure præcipui do, ac prælego. Cæterùm tam eft fplendidum, tamque magnificum & nobile iftud munus, vt nemo deinceps illud viderit, qui non eius pretium fummè æftimet; at qui donatoris præftantem virtutem, atque dignitatem clarius libentiusque, quàm ego faciam, prædicet, nemo certè erit in toto orbe terrarum; nemo vtique, qui maiori cum obferuantia & obfequio fit

ILLVSTRISS. ET EXCELLENTISS. D. V.

Mariæ-burgi
die XX. Sept.
Anno Domini
M. DC. XXXV.

Amicus & feruitor Claudius de Mefmes Comes d'Auaux, Chriftianiffimi Regis per Septentrionem extraordinarius Legatus.

Il nous faut terminer enfin en quelque endroit, les voyages & les negotiations, de M.
d'Auaux, & il importe peu en quelle prouince. Ie n'ay pas entrepris de faire des annales e-
xactes de ſa vie, en ſuiuant l'ordre des temps, ni
de faire l'hiſtoire de ſes traittez & de ſes ambaſſades : Ie laiſſe ce ſoin aux Hiſtoriens & aux
Politiques. Que s'ils peuuent penetrer vne
fois dans le cabinet, où ſes papiers & ſes memoires ſont gardez, certes ils y decouuriront
vn treſor ineſpuiſable d'inſtructions d'Eſtat &
de prudence ciuile. Quant à moy, qui n'ay
eu que peu de part aupres de luy, à cette nature d'affaires, ie me contente d'en auoir fait
voir icy les dehors, & de faire remarquer
la prudence de ſa conduite, par les heureux
euenemens, qui en ſont arriuez à la gloire
du Roy, & à l'auantage de la France.

Il me ſembloit deſia, que i'eſtois paruenu
au bout de ma carriere, & qu'ayant dit à peu
pres, ce que ie m'eſtois propoſé de la pieté, de
la ſcience & de la prudence de M. d'Auaux;
ie pourrois terminer ce diſcours, auec quelque ſatisfaction de m'eſtre acquitté de mon
deuoir & de ma promeſſe : Mais ie m'apper-
çois, que ie laiſſe en arriere l'vne des plus belles actions de ſa vie; & à vray dire, celle qui

l ij

doit laiſſer plus d’eſtonnement aux hommes
de ce ſiecle. Il eſt facile à iuger, que ie veux
parler de la renonciation à la Surintendance
des Finances.

Qui conſiderera la prodigieuſe authorité,
que cette dignité s’eſt acquiſe parmy nous,
par la diſpoſition preſque abſoluë, de la choſe que les hommes recherchent auec plus
de paſſion, auoüera facilement, que c’eſt regner, que d’en faire l’exercice. En effet l’i-
mage de la Souueraineté du Prince ne reſi-
de en la perſonne d’aucun autre Officier, auec
plus d’éclat & plus d’efficace. Il eſt le diſtri-
buteur de tous les bienfaits, il eſt le receueur
de tous les remercimens ; & pour reſerrer en
peu de mots l’eſtenduë de ſon pouuoir, il tient
en main le contre-poids, qui donne le mou-
uement à toutes les affaires de paix & de
guerre.

Tellement que quitter ce poſte volontairement, c’eſt preſque la meſme choſe, que de
deſcendre du Troſne. Encore s’eſt-il trouué
quelques Empereurs & quelques Rois, qui
ont renoncé à leur Couronne, & ſe ſont reduits à l’eſtat de la vie priuée : Mais ie ne ſcay,
s’il ſe peut trouuer de pareils exemples, dans
la condition dont ie parle, & ſi celuy de M.

d'Auaux n'eſt point vnique. Il fut pourueu de
cette charge, à l'auenement du Roy à la Couronne, & l'on prit de là bon augure du futur
gouuernement. Les affaires eſtant changées
à ſon retour de Munſter, on l'obligea de s'en
défaire, ou bien d'en ſuſpendre l'exercice.

Depuis il fut reſtably, comme pour ſatisfaire, à la plainte publique de tous les gens de
bien. Il quitta cette charge la premiere fois
quand on la luy redemanda, auec beaucoup
d'indifference & de tranquillité. Mais ie croy
qu'il fut bien aiſe de ſon reſtabliſſement, pour
la quitter vne ſeconde fois, auec bien plus de
gloire & de courage.

La voye, par laquelle il y eſtoit r'entré, le
mettoit entierement à couuert de la crainte
d'en ſortir, qu'en ſortant de la vie. La premiere place luy eſtoit touſiours conſeruée ; il auoit
pour Collegue celuy, auec qui il eût mieux aimé exercer cette charge : Mais ſon genie eſtoit
au deſſus de cét employ, qu'il regardoit auec
d'autres yeux & d'autres ſentimens, que ne
font les autres hommes éblouïs de ſon éclat.
Ie ne ſuis pas né, diſoit-il, *pour vne charge, dont*
l'employ le plus ordinaire eſt, de refuſer ceux à
qui l'on doit ; exiger de ceux qui ne doiuent rien ;
donner à ceux qui ne le meritent pas.

De vray, il eſtoit né pour des choſes plus hautes, & ſon eſprit animé par la Foy, & inſtruit des leçons de l'Euangile, auoit conceu, il y auoit long-temps, l'amour & l'eſtime d'autres richeſſes bien plus precieuſes, que celles dont diſpoſe vn Sur-Intendant des Finances. Il ſçauoit qu'il y a vn or, qui ne ſe tire point des mines du Perou, ſans la poſſeſſion duquel, toutes les flottes des Indes n'empeſchent pas, qu'vn homme ne ſoit declaré pauure, indigent, nud, miſerable par la ſainte parole.

Apocal.3.

Suppoſez donc que la paix, que l'abondance, que le bon ordre dans l'Eſtat, luy eût donné le moyen de faire iuſtice à tout le monde, voire meſme de répandre l'argent du public, auec autant de liberalité qu'il faiſoit le ſien propre; il auoit toutefois deſſein de ſe retirer des affaires, pour vaquer à ſoy-meſme. Il écoutoit ce moniteur ſecret, qui luy parloit interieurement, & qui le ſollicitoit plus qu'à l'ordinaire, de ſe ſouuenir de ce cher interualle, qu'il s'eſtoit promis pluſieurs fois de mettre, entre les affaires & la mort.

Cette reſolution fut communiquée à vn amy confident, homme de ſinguliere vertu, qui ayant ſeruy long-temps en qualité de Re-

fident en Allemagne, fous fa direction, me-
ditoit vne retraite toute pareille, qu'il a depuis executée. Celuy-cy cherchoit le voifi-
nage de quelque Chartreufe écartée, où il pût
viure dans la communication de ces faints
Religieux, fans changer d'habit, & fans obligation de vœu. Cette maniere de vie plût à
M. d'Auaux, & fe trouua conforme à fon deffein.

Il pria donc cét honnefte homme de découurir vn lieu propre, & d'en prendre le
plan pour y baftir vne maifon, ou pluftoft vn
Hermitage, fuffifant pour luy & quelque petit nombre de domeftiques, qui s'eftoient re-
folus de le fuiure dans ce genre de vie; ce qui
fut fait: On voyoit bien qu'il ne tenoit plus
à la Cour que par vn filet. L'homme du monde, qui auoit le plus d'autorité fur fon efprit,
eut mille peines à le faire refoudre d'aller à
Fontaine-bleau, au deuant du Roy qui reuenoit de Bordeaux. Il fe difpofoit, d'aller à la
rencontre d'vn bien plus grand Monarque
qui l'appelloit; mais ce fut par vn chemin
plus court qu'il ne penfoit pas.

L'âge de cinquante-cinq ans où il eftoit;
fa conftitution, non pas robufte à la verité,
& telle que la pourroit defirer vn Athlete,

mais pourtant inuincible aux trauaux de l'efprit, & peu fouuent attaquée d'autres que de
legeres infirmitez ; fa forme de viure, fi re-
glée & accompagnée de tant de fobrieté &
de temperance, luy deuoit faire efperer vne
bien plus longue carriere. On ne pouuoit pas
dire, qu'il auoit referué à Dieu la lie de fes
années, & le refte des intemperances & des
defbauches d'vne ieuneffe defbordée. Iamais
ieune homme, demeurant dans le monde, &
deftiné aux emplois de la vie feculiere, n'a
efté dégagé de fi bonne-heure, des vaines
occupations & des folles paffions de cét âge.

Il auoit paffé à peu pres tout le cours de fa
vie, de la maniere que i'en ay dépeint vne
partie ; mais il vouloit confacrer entierement
à Dieu, cette notable portion qui luy reftoit
apparemment, comme la plus confiderable &
la plus precieufe de toutes. C'eftoit le temps de
ioüir paifiblement des honneurs & des re-
compenfes, qu'il s'eftoit acquifes par fa vertu ; il y renonce volontairement, par l'aban-
donnement de la Surintendance. Il n'eft plus
queftion, que de quitter vne ombre de dignité, qui luy refte dans le Confeil du Roy, &
qui s'efuanoüit defia, par la proximité du
iour de fa retraite.

Dieu

Dieu approuua fans doute vn fi beau deffein, & vint au deuant, pour le retirer & du
monde & de la vie en mefme temps, afin
de luy ofter toute occafion de retourner au
monde. De vray le public faifoit vne trop
grande perte, dans l'éloignement d'vn tel
homme, pour le fouffrir fans contradiction;
& la France bien confeillée, auoit droit d'aller requerir iufques dedans fa folitude, vne
vertu fi vtile au gouuernement & à la focie-
té des hommes.

La fievre le prit, dés qu'il fut arriué à Fontaine-bleau, & fut iugée de tres-dangereufe
confequence par les Medecins. On le porta
à Cramaiel, maifon de Monfieur d'Irual fon
frere, où il pouuoit eftre facilement fecouru
& receuoir tous les auantages, qu'vn malade peut efperer, de la bonté de l'air & de la
commodité du lieu: Mais il voulut eftre tran-
fporté à Paris, pour mourir, difoit-il, entre
les bras de fon Curé. Auffi auoit-il eu toûjours vn refpect & vne deuotion particuliere pour fa Paroiffe, dont mefme il eftoit
Marguillier.

Ce bon Pafteur, eftant preft de luy ad-
miniftrer le Saint Sacrement, & l'exhortant
de fe conformer à la volonté diuine, & à

mourir Chreſtiennement ; noſtre malade re-
cueillit toutes les forces qui luy reſtoient, &
ſe mettant en ſon ſeant, teſte nuë, proteſta
deuant Dieu, qu'il eſtimoit eſtre tres-pre-
ſent en la Sainte & adorable Euchariſtie, &
qu'il prenoit pour teſmoin de la verité de ſes
paroles : Qu'il n'eſtoit touché d'aucun deſir
de la vie ; qu'il la remettoit entre les mains
de celuy qui la luy auoit donnée, & qui la
redemandoit : Que cét accident, à la verité, rompoit quelques meſures qu'il auoit pri-
ſes ; mais que celles de Dieu eſtant plus iuſtes que les noſtres, il falloit s'y accommo-
der, ſans contradiction ni murmure : Qu'il
obeïſſoit de tout ſon cœur à la voix de Dieu
qui l'appelloit, dans l'eſperance de ſes infi-
nies miſericordes, & de la participation des
merites du ſang reſpandu pour le ſalut des
hommes.

Ie fus auditeur de ce diſcours, dont les
termes ſont échappez en partie de ma memoire, mais dont les ſentimens demeure-
ront à iamais grauez dans mon eſprit. La
Foy, la Religion, la Pieté, parloient par la
bouche de cét homme, auec vne telle
efficace, qu'il ſembloit que ſon ame eſtoit
deſia preſente aux choſes futures, & que ſes

yeux n'auoient plus ce voile, au trauers duquel nous ne faifons qu'entreuoir les verités diuines, durant le cours de cette vie. C'eſt ce qui fait dire à S. Paul, que nous ne voyons en ce monde, qu'en enigme. ^{1.Cor.13.}

Il perſiſta dans ces ſaints mouuemens, & ces Chreſtiennes penſées iuſqu'à la fin, & deceda le dix-neufieſme de Nouembre, mil ſix cens cinquante, de cette mort deſirable, qui fit eſcrier autrefois à vn Prophete : *Mo-* ^{Num.23.} *riatur anima mea morte Iuſtorum, & fiant no-uiſsima mea eorum ſimilia* : Que ie meure de la mort des Iuſtes, & que mon heure derniere ſoit ſemblable à la leur : Mais pour mourir de la mort des Iuſtes, il faut auoir veſcu de leur vie, comme M. d'Auaux.

Son corps fut porté aux Auguſtins, ſans aucune ceremonie, dans le tombeau de ſes peres : Mais le ſeruice ſolennel fut fait quelques iours apres, auec les ornemens conuenables à la dignité d'vn tel homme, & toutefois ſans ſuperfluité ni eſclat extraordinaire. De ſorte qu'il ſembloit, qu'il euſt ordonné luy meſme de ſes funerailles auec cette moderation, qu'il gardoit ſi religieuſement, dans les choſes qui concernoient ſa perſonne en particulier & la vie priuée.

m ij

Tout le monde s'attendoit, que la simplicité de cette pompe feroit releuée, par l'éclat d'vne Oraifon funebre. La qualité du perfonnage le meritoit bien, & fes eminentes vertus, auec fes illuftres emplois, prefentoient vne belle & riche matiere à l'Orateur. Chacun me deftinoit à cette glorieufe commiffion; & ie me la deftinois moy mefme. Ce m'euft efté vne honte & vne mortification trop fenfible, de voir payer par vn autre, ce que ie deuois à la memoire de cét excellent homme. l'euffe efté d'autant plus coupable de ne le pas faire, que l'opinion publique eft que ie m'en peux acquitter, en quelque forte.

Mais en verité, fi les motifs de modeftie, ou les raifons d'Eftat, qui empefcherent de luy rendre cette efpece d'honneur, euffent ceffé; i'euffe efté contraint de refigner la gloire de cette action à vn autre. La douleur auoit mis mon efprit tellement en defordre, que ie ne pouuois contribuer en cette occafion autre chofe, que des plaintes, des foufpirs & des larmes. Encore à prefent, que le temps & la raifon deuroient auoir operé fur moy, ie me fens tellement interdit de cette perte, que i'ay bien fujet de

craindre , que ce difcours n'en porte à iamais les marques funeftes.

Ie feray peut-eftre fi mal-heureux , que
dans le fujet du monde , où i'euffe mieux
aimé reüffir , on n'y obferuera pas feulement mes defauts ordinaires , mais encore
les mauuais effets & les déreglemens , que
produifent les afflictions extremes. Quoy
qu'il en foit ; ie n'ay peu impetrer de mon
deuoir , de me taire plus long-temps : Vne
douleur fi ftupide & fi muette , eût paffé
à la fin pour vn filence ingrat ; & i'aime
mieux auoir trauaillé le monument de Monfieur d'Auaux , d'vne pierre commune &
groffiere , que d'auoir manqué à le luy eri-
ger , faute de iafpe & de porfire.

Ce fera donc icy le tombeau , que ie
dreffe à vn homme , qui a fi bien merité
du public & de moy : Ie veux dire fon
Eloge , fon Oraifon funebre , enfin fon
Panegyrique , que ie mets non feulement
à la tefte des autres , comme leur Dedica-
ce ; mais que i'infere à bon droit , dans le
corps des Sermons que i'ay prononcez à
l'honneur des Saints : Sa pieté enuers Dieu,
fon zele pour le bien de l'Eglife , & de fa
patrie , fon amour pour la paix publique , fa

charité enuers les pauures , bref ſa vie &
ſa mort Chreſtienne , me perſuadent facilement, qu'il regne comme eux auec IESVS-
CHRIST dans le Ciel, & qu'il eſt maintenant
l'vn de ce glorieux nombre. Ainſi ſoit-il.

Beati Pacifici, quoniam filij Dei vocabuntur.
Matth. 5.

CLARISS. ET ILLVSTRISS.
CLAVDIO MEMMIO
COMITI AVAVXIO
VTRIVSQVE TORQVIS EQVITI
SVPREMO ÆRARII PRÆFECTO
SINGVLARI IN DEVM PIETATE ET RELIGIONE
IN REGG. ET PATRIAM FIDE ET CHARITATE
IN LITTERATOS ET PAVPERES HVMANITATE
ET BENEFICENTIA VIRO
SENATORI CONSVLTISS.
ORATORI ELOQVENTISS.
LEGATO PRVDENTISS.
ITALIÆ SVECIÆ POLONIÆ GERMANIÆ
ATQVE ADEO SVÆ GALLIÆ
NI PRAVA CONSILIA OBSTITISSENT,
PACIFICATORI
CVM IAM SÆCVLVM DESERERET
SÆCVLO FOELICITER EREPTO.
FRANC. OGERIVS LEGATIONIS MONASTER.
CONTINVVS ET ECCLESIASTES
MITISS. ET BENEFICENTISS. PATRONO
GRATI ANIMI MONVMENTVM POSVIT
MODICVM ET MANSVRVM.
ANNO CIƆ. IƆC. L.

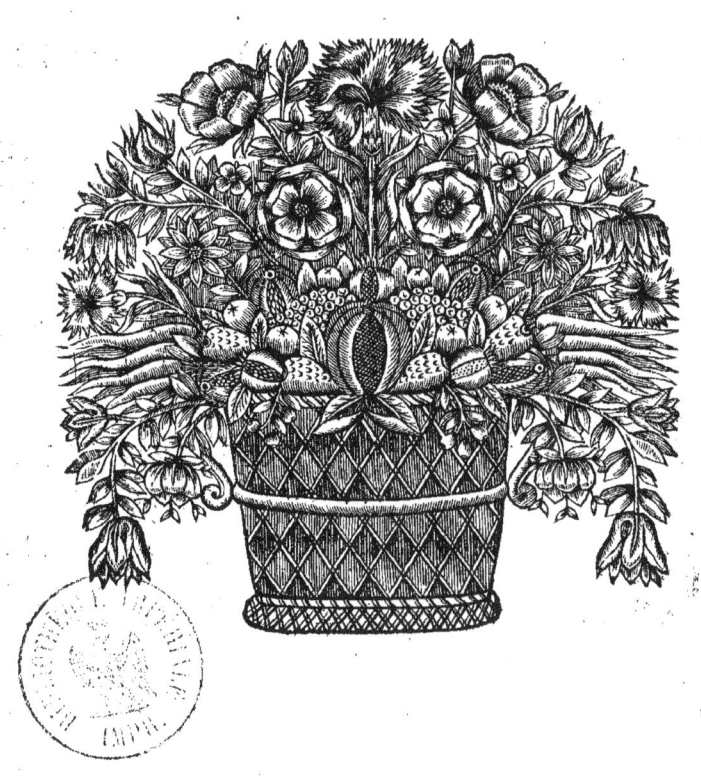